Los sentidos del agua

Juan Sasturain

Los sentidos del agua

Editorial Sudamericana Narrativas

Diseño de colección
Compañía de diseño / Jordi Lascorz

IMPRESO EN LA ARGENTINA

Queda hecho el depósito
que previene la ley 11.723.

Humberto I 531, Buenos Aires.

www.edsudamericana.com.ar

ISBN 950-07-2199-6

Este libro es para Carlos Sampayo
porque es mi amigo.

Prólogo con agua corriente

La primera versión de esta historia fue escrita a comienzos de los noventa y tenía —publicada y necesariamente mutilada— menos de la mitad de extensión. Era apenas un cuento largo pero ya estaba casi todo: la vertiginosa pareja oriental, el paródico (de Parodi) gordo Arroyo —acaso un avatar más locuaz de Acevedo Bandeira— y el ruido del agua como trasfondo. Un poco apretados, eso sí.

Como tantos textos, *Los sentidos del agua* fue resultado de la intersección de una idea o dos (las teorías del incuestionable Josep Destandau; el mundo infinito de la literatura de quiosco y de sus anónimos creadores) con el encargo puntual. Me pidieron escribir un relato policial negro para una serie de historias —*Cuadernos del asfalto*, se llamó— que coordinadas en Madrid por un amigo redundante, Juan Madrid, publicó semanalmente *Cambio 16* en el verano del 90. Manuel Vázquez Montalbán, Andreu Martín, el mismo Juan y algunos latinoamericanos sueltos participamos de la colección. Como suele suceder (me), me pasé de largo y para entrar en el corsé de la publicación hubo que destrozar la historia, la escritura y el efecto. Así salió.

Pero hubo (parcial) revancha. Al publicarse en México

al año siguiente en una edición desvencijada de la Universidad de Guadalajara ya se acercaba a la forma actual; sin embargo, recién en 1992 cuando la tomó a su cuidado Jorge Lafforgue y la incluyó en la colección La Muerte y la Brújula, de Clarín-Aguilar, *Los sentidos del agua* fue la novela que es.

Entre aquella edición de hace diez puntuales años y ésta hay diferencias mínimas, en general de léxico. Son pocas cosas y —sobre todo, coherentemente— de quita y pon: donde se lee *impermeable* decía *gabardina* y los personajes que ahora se sacan el *pulóver*, hace diez años se ponían el *jersey*. Es que cuando escribí este relato vivía y escribía en Barcelona, casi toda la aventura transcurre entre *sudacas* pero en Barcelona y los lectores primeros usaban *gafas* y no *anteojos* para leer policiales negros. Es todo lo que he modificado para que nada cambie.

Lo que ha cambiado (?) es la vida, lo que pasa en general respecto de lo que pasaba. Por eso acaso las circunstancias sean un dato para tener en cuenta. Si bien la historia se las aguanta —o debería hacerlo— en cualquier contexto de lectura, es evidente, por ejemplo, que personajes uruguayos llamados Spencer y (la) Joya tienen resonancias que son más audibles y reconocibles en el lado de abajo del globo que en el otro, el que los que hacen los mapas dibujaron del lado de arriba. También palabras como *hood* y *capucha* son sinónimos en el obediente diccionario bilingüe pero suenan muy distinto para los oídos y la experiencia generacional de unos cuantos.

En el noventa el autor estaba lejos y la Dictadura (demasiado) cerca. Los remezones del horror se sentían bajo los pies y memoriosas heridas recientes, bajo las pieles. La sed de absoluto había sido generosa, trágica y equívocamente saciada. Tal vez por eso esta presunta/uosa novela de aventuras (en el quiosco y en la dura vida) juega o se consuela con ambigüedades, se apoya inestable en el contrapunto de pareceres tras el efecto devastador de tantas verdades imperativas. Es decir: gambetea las certezas mientras salta como puede los charcos de la solemnidad.

La idea —si es que hay alguna— es y era que el sentido de lo que hacemos se nos escapa pese a nuestra más enfática intención; nos movemos en una realidad siempre ambigua de sentidos cambiantes como el agua que —Destandau dixit— "nunca se equivoca" pero elige diferente cada vez. No es ninguna novedad, tampoco pretende ser una certeza. Es lo que pasa cuando uno sólo cree en la sabia incertidumbre.

En fin, que de agua somos.

J. S.
Buenos Aires, septiembre de 2001

¡QUÉ POCO CONVERSADOR ES SU PRIMO!
¡QUÉ FLOR DE PECHERA TIENE LA GORDA!
¡FUERA DE MI CASA, CABALLEROS!

Uno

1. El más rápido

Todo puede empezar la tarde de otoño en que Spencer Roselló salió apresuradamente del edificio de la Unesco en París, esa torre, esa especie de muestreo vertical del Tercer Mundo que se mide sin esperanzas con la Torre Eiffel. Sin detenerse, Spencer puso una mano huesuda y liviana sobre el hombro de la mujer que como todos los días lo esperaba en el hall de entrada y dijo:

—Vamos, Joya. Acabo de dejar al delegado de Camerún atado en el baño de mujeres del noveno piso. Hay que correr.

—¿Cómo? —Ella no creía haber oído bien.

—Después te explico.

—¿Atado? —dijo ella alarmada pero ya trotando a su lado y sin poder evitar una sonrisa.

—Sí. Hay que irse.

—¿Adónde?

Spencer no contestó. La tomó del brazo y así doblaron violentamente la esquina. Ella alcanzó a girar la cabeza y pudo ver a un par de furibundos africanos con las coloridas túnicas alzadas a media pierna que desembocaban corriendo en la puerta enrejada y miraban en todas direcciones.

Spencer y la Joya corrieron cincuenta metros, cruzaron la calle y se escondieron detrás del furgón de reparto de una *patisserie.* Desde allí él vigiló durante varios minutos el movimiento de los negros mientras ella insistía:

—¿Qué pasó?

Spencer la acalló con un gesto.

—Hoy temprano me citó el director del Departamento: no me renuevan el contrato —explicó luego de un momento.

—Te lo dije —y no había reproche en la voz de ella—. No iban a soportar lo que les hiciste con la Asociación.

Spencer se irguió, le acarició la nuca.

—Eso es lo de menos, creo —dijo echando a andar.

La Asociación Internacional de Traductores Simultáneos era el último invento sindical de Spencer Roselló, "el traductor más rápido del Oeste", como solía autotitularse con orgullo mal disimulado. Nunca se supo al Oeste de qué se trataba; pero sin duda era un rótulo contundente, como todo lo que Spencer encaraba. Apenas dos meses atrás, la última asamblea general de la Unesco se había balanceado al borde del fracaso cuando un planteo gremial de la AITS acaudillada por Roselló había amenazado, dos horas antes de la ceremonia inaugural, con auriculares mudos y traducciones lentas y diferidas si no se firmaba el convenio de salarios ajustados.

Hubo escándalo, reproches en varios idiomas, epítetos intraducibles y un acuerdo que llegó a tiempo pero dejó el rencor en suspenso. Ahora, ese viento pendiente había comenzado a soplar y se llevaba al más rápido del Oeste literalmente a la calle luego de un fulgurante, breve, irrepetible paso por el organismo internacional.

—¿Cobraste al menos?

—Volveré mañana.

Pero él sabía —los dos sabían, en realidad— que nunca

más. Al enterarse de su despido, una legión de damnificados provenientes del vasto Tercer Mundo y algunos castigados marginales del primero lo habían acosado durante todo el día con la esperanza desesperada de cobrar deudas de juego, adelantos amistosos de dinero y préstamos bienintencionados que Spencer había ido recogiendo en francos, dólares o cuanta moneda era bien recibida en furtivas mesas de póquer, casino o ventanillas de hipódromo.

A los cuarenta años, la vocación política y gremial de Spencer Roselló solía perder en su combate moral contra la pasión por el juego. Todo el dinero que llevaba encima en ese momento —los dos mil francos que le había arrebatado a Pierre Mboto cuando apostaban sobre el color de la lencería íntima de Nicole, la secretaria del delegado de Canadá, asomados al ventanuco que separaba los servicios de hombres y mujeres en el noveno piso— apenas serviría para pagar los pasajes que los llevarían, una vez más, lejos y a cualquier parte.

—Otra esperanza que se esfuma —dijo el más rápido con un tono lírico que remitía casi a la magia.

—Otro laburo a la mierda —concretó ella, así de contundente, mientras pateaba piedritas con la cabeza baja.

—Encontraremos algo —dijo él al instante.

—¿Aquí?

—No, aquí no. Claro que no.

—Ah.

La Joya sentía que hacía años que tachaban ciudades y países del mapa como quien sacrifica casilleros jugando a la generala.

—Habrá algún lugar —dijo como para sí.

—Claro.

Spencer se detuvo un momento, las manos en los bolsillos, los pies juntos, fija la mirada en el suelo húmedo.

—Barcelona —dijo lentamente, como si leyera.

Después se volvió, buscando aprobación. Ella frunció las cejas:

—¿Barcelona?

Él asintió en silencio, volvió a andar. La Joya se encogió de hombros mientras el hombre se le iba:

—Al menos, en invierno no nieva... —concedió pensativa—, y espérame, que me duele... Eh, Spencer...

Y fue tras él, rengueando con pequeños saltitos apurados.

Antes de fisurarse la cadera al rodar al ritmo del sikus y la zampoña escaleras abajo del Sacre Coeur durante un festival de apoyo al Frente Sandinista y Nicaragua Revolucionaria, la Joya —Gloria Zalazar, treinta años de barrio en ciudades de Latinoamérica, cinco de marginal europea— se ganaba la vida bailando heterogéneas y vistosas danzas subtropicales con un bailarín medio español, medio venezolano, llamado enigmáticamente El Último. De tangos a guarachas, de cuecas a rumbas o marineras, el dúo agotaba un repertorio siempre cambiante y eficaz.

Cuando se repuso de los obligados dos meses de yeso e inmovilidad, la Joya descubrió con bronca y sin sorpresa que Spencer había hecho desaparecer los ahorros en un tugurio marroquí donde se apostaban fortunas sobre las posibles decisiones de una abeja entre diez flores de violento colorido. Durante tres noches, el traductor más rápido del Oeste no había acertado una sola vez el color. Es decir: no había conseguido hacer coincidir jamás sus gustos con los del versátil insecto.

Pero la Joya no se desanimó. Estaba acostumbrada a los golpes, incluso a los de fortuna. Apenas salida de la adolescencia, o como se llamase semejante inquietud de pies y alma, había conocido a Spencer; en un principio en las soleadas oficinas y pronto en el tenebroso y cálido jardín del consulado uruguayo en Santa Fe. Esos desmanes íntimos y otros tropiezos públicos motivaron la inaugural y precipitada huida del joven funcionario a campo y a río traviesa. Y la Joya fue con él, claro.

También lo había seguido luego, desde su Montevideo natal, a una decorativa agregaduría cultural en Nueva York que duró dos años y a otra en Montreal que se diluyó en seis meses. Y hubo intervalos de desamor y lejanía, de vuelta al amor y varias veces más hasta la vez definitiva: cuando llegaron los militares y se acabó la fiesta uruguaya fueron juntos al apresurado exilio, cruzaron a pie y de la mano la frontera con el Brasil.

Había transcurrido una década bien nutrida en sucesos desde entonces, y la Joya pensó que una caída, una bota de yeso y las decisiones de una abeja no debían impedirle recomenzar una vez más, en París y sin bailar. Así fue como recuperó un diploma de dactilógrafa egresada de ignota academia, recordó su pasado burocrático de secretaria ejecutiva bilingüe en una trasnacional y, con un suspiro y diez dedos flacos y precisos, volvió a teclear.

Así, en la época en que Spencer trabajaba en la Unesco, la Joya golpeaba la Olivetti durante ocho horas diarias en las honestas oficinas de Veterinarios por la Paz, Ayúdenos a Ayudar o algo similar; una de esas asociaciones donde le pagaban poco para redactar y enviar circulares a franceses con problemas de conciencia precisamente por pagar poco a sus empleados, pero siempre dispuestos a salvar almas, cebúes, focas o indios en el Tercer Mundo.

De todos modos, aunque el inquieto Spencer nunca había cesado de imaginar múltiples formas de ganar o empatar la vida en los márgenes de la ley y de la lógica, era ella, la Joya, quien mostraba una aptitud casi gimnástica para sobrevivir de cualquier manera y en cualquier lugar.

—La gente vive de las cosas más extrañas —reflexionaba ahora, colgada de su brazo.

—¿De qué cosas?

—Esas banderas, por ejemplo... —y señalaba el bosque multicolor que flameaba en la esquina de los jardines del edificio de la Unesco.

—¿Qué pasa con las banderas? —dijo Spencer.

—Alguien debe vivir de eso.

—Los que las hacen, claro: metros y metros de tela, más la confección.

—Y los que las lavan, una vez al mes.

—O a la semana, acaso...

—Por kilo, por unidad...

—¿Cuánto pesa una bandera? ¿Cuánto se paga?

—Éste es un negocio de mucho dinero: alguien debe vivir nada más que del lavado de las banderas de la Unesco —dijo ella casi deslumbrada por su propio descubrimiento.

—Y son muchas.

—¿Cuántas serán?

—Eso es... —y Spencer se alejó un poco de ella.

—¿Qué vas a hacer?

Él señaló las banderas con gesto amplio mientras le hacía un veloz guiño, levantaba el tono de voz:

—Eso es... ¿Cuántas dices tú?

La Joya vaciló un instante.

—Dos... doscientas —aventuró.

—Muchas más —dijo él fuerte, casi despectivo.

Se habían detenido en la boca del metro, frente a un café con terraza desde donde los observaba media docena de parroquianos.

—Doscientas treinta —dijo ella con mirada entrecerrada.

—Mil francos a que son más de trescientas banderas —desafió él.

La Joya se rió:

—Son muchas menos... Pero no me provoques; bien

sabes que no tengo mil francos... Te jugaría todo lo que encuentre aquí... —y hurgó en su bolso de tela peruana.

—¿Cuánto tienes ahí?

Ella entresacó doscientos francos y algunas monedas más. Dos hombres de los que estaban sentados en la terraza observaban interesados. Uno de ellos se levantó y preguntó algo a la Joya en francés.

—¿Qué dice? ¿Quiere apostar él también? —dijo Spencer a los gritos castellanos mientras ella les explicaba a los del café—. Hay mil francos y otros mil contra los que quieran: son más de trescientas banderas...

El más rápido del Oeste enarboló los billetes y los puso ruidosamente sobre una de las mesas. Cuando la Joya arrimó los suyos, espontáneamente dos o tres manos sumaron su dinero hasta completar la cifra.

El patrón del café retuvo los casi cuatro mil francos mientras una docena de hombres y mujeres iban hasta la esquina a mirar y contar las banderas del mundo. Volvieron quince minutos más tarde.

—Trescientas tres —dijo el camarero asombrado, mientras Spencer se apresuraba a juntar el dinero sin decir palabra.

Tomó a la Joya de la mano y salieron del café sin mirar atrás. Entraron en el metro, corrieron por el andén, alcanzaron el tren y sólo cuando se hubo cerrado la puerta, Spencer suspiró y lanzó una carcajada triunfal:

—¡Para algo tenían que servirme los seis meses que me pasé mirando por esa puta ventana! —dijo apretando a la Joya contra su pecho.

Ella le tomó la cara con ambas manos y lo besó. Después rió también. Tardaron tres estaciones en dejar de reír.

Decidieron no volver inmediatamente a casa. Spencer temía por los reclamos airados de sus damnificados; sospechaba que irían a buscarlo y convenía esperar a que el frío de la noche los desmoralizara.

Casi sin darse cuenta improvisaron un par de visitas largamente postergadas, se despedían en secreto. Después de más de un año, la Joya abrazó estrechamente a El Último como si bailaran un último tango rengo y veterano; Spencer tomó mate solidario durante media tarde con dos postergados delanteros de Peñarol que no admitían su fracaso en el Paris Saint Germain, argumentaban lesiones y nostalgia.

Al anochecer llegaron justo a tiempo a un teatrito del Pigalle donde actuaban juntos, por única vez, el Trío Cedrón y un fugaz Alfredo Zitarrosa. Desde la octava fila, pegados a la pared y rodeados de ruidosos incondicionales, oyeron una vez más la historia de *El ciruja* y las extrañas relaciones de Becho con su violín. Al salir, no llovía; hubiera sido redundante.

Era muy tarde cuando, como ladrones o intrusos en su propia casa, evitaron a la portera y entraron subrepticiamente en el piso de la Rue Allan Poe. Entonces se apresuraron. Ni siquiera corrieron las cortinas mientras cerraban dos desprolijas maletas, dejaban los platos sucios en la cocina, los pósteres en las paredes, y una ducha que goteaba desde hacía tres años y que la Joya se obstinó en arreglar a último momento. Un amigo se encargaría de los restos del naufragio, intentaría rescatar algo más y enviarlo a Barcelona en unos días.

Ni siquiera pudieron darse el gusto de golpear la puerta al salir.

Esa misma noche, a las tres y media de la madrugada y en un bus portugués semilleno de pasajeros primero ruidosos y luego adormilados, se despertaron perplejos en la frontera de los Pirineos.

El guardia español vaciló antes de sellar los dudosos pasaportes sudamericanos, obras maestras de la ambigüedad documental.

—Cien francos a que te baja, Joya... —murmuraba el más rápido del Oeste mientras el policía volvía las páginas que atestiguaban la identidad de Gloria Zalazar como quien consulta un horóscopo incomprensible—. Doble contra sencillo a que no te dejan pasar...

—No jodas...

Pasaron.

2. Un gallego al paso

Un mes y medio después, el penúltimo sábado de noviembre, Rafael García Fuentes iba o volvía de su visita semanal al fondo de las Ramblas de Barcelona, donde acostumbraba desahogar tensiones entre los muslos y los gemidos más circenses que teatrales de la expeditiva Sabará.

La muchacha era una apretada morena que desde hacía seis meses decía ser brasileña y esperar algo más que un polvito rápido de ese gallego calvo y siempre apurado que después e incluso durante los fragores solía hablarle largamente de Ramón, socio o hermano según los días. Aunque la conversación duraba mucho más que el polvo, Sabará no alcanzaba a entender o a recordar el sábado siguiente si se trataba de dos ramones, de tres incluso, o de una sola persona. En verdad, la realidad mezclaba esas hipótesis en proporciones variables.

Rafael García Fuentes y Ramón García Fariña eran los hijos hoy cuarentones del imprentero Manuel García García y de madres sucesivas y fugaces que se habían turnado en lechos tibios y fríos ataúdes antes de que llegaran a darse demasiada cuenta de lo que pasaba. Buscando horizontes comerciales menos sombríos y acaso hembra más duradera, Manuel García emigró con los niños de La Coruña a Barcelona a finales de los cincuenta. Allí no formó nueva pareja pero sí montó en un sótano de Córcega y Gaudí, en el barrio de La Sagrada Familia, la ruidosa imprenta que años después sus hijos heredarían y verían crecer con parsimonia y estupidez.

De hacer tarjetas de comunión, sepelio o casamiento, los García pasaron a los folletos parroquiales y de allí, casi insensiblemente, a la llamada literatura. Es decir: las novelitas rosa o menos que eso, sentimentales, castas y medianamente apasionadas, con la desnudez del codo y la rodilla en los capítulos más subrayados de la época.

El vuelco de fortuna editorial llegó cuando un iluminado propuso el negocio de los libros de aventuras de bolsillo. Los cautelosos García empezaron por el Oeste, con las colecciones *Saloon* y *Comanche*, y luego se zambulleron en las proezas bélicas de la serie *Bazooka*. Alimentadas incesantemente por un equipo de baratos redactores nativos de seudónimos cambiantes como Burt Sherman, Cassidy Ray o William Sock, las colecciones populares de Editorial Gracias —que debió haber sido, después de largas discusiones, Editorial Garcías, pero que como nadie advirtió la errata a tiempo en el primer volumen así quedó para siempre...— estaban llenas de puñetazos, estallidos de obuses, japoneses traidores, polvorientos apaches con odio ancestral, disparos de winchester, nidos de ametralladoras y duelos, muchos duelos al sol, a la sombra o bajo las estrellas.

Así, cuando a principios de los setenta falleció el gallego patriarca, *Saloon*, *Comanche* y *Bazooka* daban de comer, de vestir y holgar con comodidad a los mediohermanos y a sus descendientes. Además, fue en medio de esa bonanza que llegó *Vietman*, el gran negocio inesperado cuando parecía que la fórmula no daba para más; y fue muy bueno mientras duró.

Acaso en todo eso pensaba Rafael García Fuentes ese penúltimo sábado de noviembre, de ida o de vuelta de la estudiada pasión de Sabará, cuando se detuvo como uno más de los curiosos en la esquina de las Ramblas y Porta Ferrissa.

Frente a la diezmada audiencia del grupo incaico y junto a uno de los más ruidosos puestos de venta de pájaros, un puñado de indudables turistas acosaba en cuatro idiomas a una pareja sentada ante dos mesas plegadizas que atendía a todos y a cada uno con veloz cortesía. El hombre, apoyado el codo en una demagógica pila de diccionarios, escuchaba con atención a un turista nórdico que lo consultaba periódico en mano; señalaba con el dedo la programación cultural.

El de los diccionarios traducía el texto al sueco, al danés o a cualquier lengua rubia en voz alta mientras a su lado la mujer tecleaba velozmente al dictado en una máquina de escribir portátil. Así estuvieron algunos minutos. Finalmente el rubio cliente sonrió, tendió la mano, recogió la traducción y luego de pagar las apropiadas coronas o dólares que indicaba una tabla lateral con muchos item, partió. Al momento se sentó una mujer negra de mota apretada y gris que echó una parrafada en francés mientras extendía sobre el precario escritorio un documento que extrajo de su pasaporte. El traductor dialogó brevemente con la mujer y se volvió a su compañera:

—Un documento, Joya.

—Bien, Spencer.

En pocos minutos el traductor liquidó el texto, consultas técnicas mediante, y hasta aventuró un par de consejos al final. La mujer solicitó una dirección, la obtuvo, dejó las pesetas y se fue agradecida.

Cuando llegó el turno de un japonés, y la transacción se produjo con idéntica fluidez, el observador Rafael

García Fuentes decidió que había hallado al hombre o a la gente que necesitaba sin saberlo. Usurpó entonces el lugar a una pareja alemana y se sentó ante las mesas mientras el oriental se apartaba entre reverencias, contento con su papelito recién garabateado, de arriba abajo y de derecha a izquierda, sin una duda.

Mientras aguardaba, el gallego leyó el cartel apoyado en un caballete lateral, junto a las mesas: *Spencer y Joya: traducciones al paso. Versiones inmediatas, orales y escritas, del inglés, francés, italiano, alemán, ruso, japonés y viceversa.*

—Caballero... Lo escucho —dijo Spencer Roselló.

—Vosotros sois rápidos —dijo bruscamente el editor.

—Somos los más rápidos —confirmó Spencer.

El otro lo miró como si la velocidad fuera algo que se pudiese verificar en los rasgos de la cara.

—Los más rápidos... —murmuró.

La Joya se inclinó hacia su compañero.

—¿Es de la policía? —le susurró.

Spencer la acalló con un gesto mínimo.

—Pero, por lo que veo y oigo, usted es español... —dijo—. ¿Qué necesita de nosotros?

Rafael García Fuentes señaló el cartel, abajo:

—Inglés, pero viceversa.

El más rápido del Oeste supo que algo nuevo, otra cosa estaba por producirse.

—Podemos conversar —dijo por decir, dándole pie.

—Usted propone velocidad y yo hablo de tiempo: eso es bueno —dijo García Fuentes como si catara un vino en el aire—. Lo demás puede arreglarse, creo yo...

—Sin duda —dijo Spencer convencido quién sabe de qué.

El editor se puso de pie y el traductor hizo lo mismo.

—¿Adónde vas? —se alarmó la Joya, que siempre había preferido verlo sentado.

—Tú, tranquila —dijo Spencer y se inclinó para decirle algo al oído. Después tomó al cliente por el codo y lo invitó a cruzar la calle:

—Disculpe... ¿Cómo me ha dicho que se llama?

—No se lo he dicho aún, joven.

Rafael García Fuentes sacó su tarjeta y se la extendió, Spencer reconoció el logotipo de *Saloon*, con su puerta batiente, la flecha de *Comanche*, el casco roto de *Bazooka*, emblemas de su juventud, lecturas de formación...

—Me rindo —dijo, teatral, abriéndose de brazos en medio de la calle.

—Cuidado con los coches —le advirtió el gallego inmutable.

3. Cinco mil páginas

Desde que habían montado su negocio en el corazón de las Ramblas, cada día, al final de la jornada, los traductores al paso se reunían en el Café del Liceu para hacer las cuentas. El otoño se había mostrado demasiado frío como para quedarse hasta muy tarde a la intemperie y sólo los fines de semana prolongaban los servicios más allá de las siete y media.

La primera quincena en Barcelona había sido muy dura para el más rápido y su compañera. Recién llegados de París, les había costado mucho hacer pie hasta que la Joya, pese a los reparos de Spencer, decidió buscar a su prima:

—Voy a llamarla a Alicia —dijo una tarde de pies fríos y frente hirviente.

—No te metas con El Topo —saltó Spencer—. Quién sabe en qué anda ahora...

—Seguro que trabaja... Y no le digas El Topo...

—Cuidado con ella. Cada vez que recuerdo lo que nos hizo en París...

—Pobre Alicia...

—Un peligro, El Topo —sentenció el más rápido.

Spencer Roselló recordaba con terror y bronca que no

se empeñaba en disimular el episodio sucedido casi diez años atrás en París.

Recién liberada de las cárceles argentinas de la dictadura, luego de seis años de condena por el delito nunca comprobado de pertenecer al Ejército Revolucionario del Pueblo o a agrupación cultural simpatizante, ya ciega por efectos de las torturas, Alicia no había dejado de hablar ni denunciar cuando ya nadie hablaba de lo que se quería olvidar. La cuestión fue que inmediatamente los servicios de inteligencia de los militares en Europa se movilizaron tras sus pasos y por milagro no la sorprendieron en su aguantadero parisino. Media hora antes de que los matones llegaran al lugar, ella había partido hacia España bajo nombre supuesto. En represalia, los frustrados esbirros se ensañaron con lo que había: destrozaron los pocos muebles, dieron vuelta la casa como un guante y se robaron lo que quedaba.

Era la buhardilla de Spencer y la Joya.

—Todo por culpa de esta imbécil desconsiderada —dijo Spencer ante los escombros.

—No digas eso, pobre Alicia. Hay que tener en cuenta todo lo que pasó: está ciega, Spencer...

—Eso es: ciega como un topo. No ve nada. En ningún sentido ve nada...

Y ellos tampoco habían vuelto a verla.

Sin embargo, a pesar de las reservas rencorosas de Spencer, El Topo se había mostrado dispuesta y ayudadora en Barcelona. No sólo les había hecho un lugar en sus tres oscuras habitaciones de El Borne cuando ya no tenían dónde caerse vivos, sino que los había vinculado con la fauna que habitaba las Ramblas, su hábitat. En su momento, ella había conseguido instalar allí un envidiable puesto de venta de pájaros sin necesidad de apelar a la caridad de nadie por su ceguera, pero sí especulando con la codicia que despertó la veintena de coloridos y vistosos pajarracos tropicales que llevó consigo, fruto de sutil contrabandeo sudamericano. Tantos años después de las aventuras guerrilleras en el monte, algunos compañeros de El Topo utilizaban las mismas vías clandestinas por las que había transitado la Revolución para traficar animales de plumas decorativas. Acaso no sería tan novelesco ni amenazaría el equívoco sentido final de la Historia, pero siempre era un material menos sucio que el paradójico polvito blanco tan difícil de sacarse de debajo de las uñas.

—Me parece estar siempre metida en medio de una película de Tarzán —decía El Topo sentada en su puesto de ventas entre la algarabía, y acaso recordaba la exótica Tucumán donde se había trenzado a balazos con más valor que puntería contra el glorioso Ejército Argentino.

Precisamente allí, junto a sus jaulas olorosas y abarrotadas, habían montado Spencer y la Joya su negocio. Y es probable que fuera el mismo Topo quien los alentó en la idea, conocedora de la velocidad dactilar de su prima y de las políglotas destrezas de él. Sin embargo, no dejaba por eso de mantener oscuras reservas acerca de la capacidad de Spencer para abstenerse del juego, y temía los desbarajustes económicos derivados de sus excesos.

Por eso tal vez, esa noche en el Café del Liceu, sentada junto a la Joya, el japonés y el rubio cliente de la tarde, recelaba:

—¿Dónde se metió Spencer?

—Ya llegará, Alicia... —la calmó su prima—. Parece que el negocio que le propone ese gallego es grande. Mejor será que mientras lo esperamos hagamos las cuentas de hoy...

La Joya abrió el bolso y vertió todo el dinero, monedas y billetes de colores europeos, sobre la ruidosa superficie de mármol. Un céntimo se desplazó girando hasta el borde de la mesa y ella lo detuvo allí. Todos la miraban hacer.

Agrupó los billetes y encimó cuidadosamente las monedas; después contó, escribió los números en una servilleta de papel, consultó la cotización diaria de las divisas en el periódico del día y volvió a escribir. Finalmente separó algo de dinero y volvió a guardar el resto.

—Esto es lo tuyo, Takayama —dijo con seguridad y le extendió dos billetes—. Esto es lo que te toca a ti, Lars... Y no hay más.

Cada uno recogió la paga con un murmullo y sin protestas. El día había sido de escasa concurrencia y, además, con el retiro temprano de Spencer, demasiado breve. Pero nadie se quejó. Eran un grupo solidario, unido por la marginalidad. El japonés y su numerosa familia, abandonados en Barcelona cuando sus compañeros de tour descubrieron que poseían las llaves de todas las maletas del grupo, se turnaban diariamente para pasar ante el despacho al aire libre de los traductores, primero fingir una consulta y fingir después aceptar una respuesta de antemano preparada y memorizada. El noruego Lars y su novia Brigitta cumplían la misma función de estimular la curiosidad y la fe del público en las bondades de la oficina al paso mientras solventaban su escapada de Oslo y la improvisada luna de miel. Aparentemente Spencer hablaba noruego, sueco, danés o lo que fuere con la misma soltura con que la Joya lo escribía y Lars parecía aceptarlo sin sonreír. Una o dos veces por día también hacía de inglés, compartía el rol y el área anglosajona con "Brooklyn" Jackson, un ex jugador de básquet importado de Indiana para triunfar en la liga española al que una hepatitis y una doble e importuna operación de ligamentos habían recluido en la cama el tiempo suficiente como para acabar posando para revistas porno.

Aunque ese sábado no había sido productivo, la Joya repartía los turnos del día siguiente con renovado interés.

El domingo era muy especial, proliferaban los turistas, la jornada empezaba muy temprano y había que estar bien dispuestos. El noruego acordó una pasada matutina y otra al atardecer, mientras la familia japonesa se comprometió a alternarse durante el mediodía, con dos apariciones durante esas horas muertas.

Eran casi las nueve cuando los ayudantes partieron. Quedaron las dos mujeres solas. El Topo bebía sorbitos de *cointreau*; la Joya masticaba un bocadillo de salchichón y bebía una caña. En esos momentos, las dos primas solían retroceder casi insensiblemente en el tiempo, sorprenderse hablando de parientes irrelevantes, compañeros de juegos, novios olvidados. Era como si cada una fuera propietaria de segmentos de la memoria de la otra y que los años, la distancia y la historia desaforada que las había vapuleado se los devolvieran como un regalo tardío de equívoco sentido. Pero esa noche, la oscuridad del Topo sólo se rompía para dar paso a la obsesión:

—¿Qué hora es?

La Joya se lo dijo.

—Spencer ha perdido todo y no se atreve a volver —insistió la pajarera después de un largo silencio.

—El dinero lo tengo todo yo —mintió la Joya para tranquilizarla.

Las sospechas mutuas entre su prima y el más rápido la agotaban, la llenaban de tensión.

—Hoy vendí el papagayo chico —dijo El Topo al rato, como si se diera cuenta de que debía dar una señal alentadora.

—Qué bien... Y ahí viene Spencer —dijo la Joya con un suspiro.

El traductor más rápido del Oeste venía liviano, sonriente, casi triunfal entre las mesas. Llegó y puso ambas manos sobre las cabezas de las mujeres.

—Se acabó la miseria —dijo.
—¿Cuántas páginas?
—Cinco mil.
Y las besó. A las dos.

4. *Vietman*

Durante más de una década, los homogéneos García habían crecido incómodos, entre pilas de resmas y resmas de papel y el fragor de las linotipias en el subsuelo de Córcega y Gaudí. A través de los dos ventanucos que echaban sordos ruidos y tibia luz contra el polvo de la calle, se los vio trabajar a los pródigos gallegos en su imprenta editorial. Con los primeros beneficios adquirieron parte de la planta baja y allí instalaron los despachos y la vivienda de padre e hijos; más tarde Ramón, el mayor, se casó y fue a vivir al Principal 1ª. Su hermano Rafael, por no ser menos y aunque jamás se casaría, compró las dos escuetas habitaciones y la incomodidad del Principal 2ª. A su manera, los gallegos subían a un ritmo mucho más acelerado y continuo que las cercanas y desesperanzadas torres de La Sagrada Familia. Así las cosas, ocupaban ya las alturas de la tercera planta cuando la literatura de quiosco comenzó a ser gran negocio para Editorial Gracias, y lo confirmaron, a la muerte del viejo, con un aparatoso cartel vertical que marcaba su estatura.

Sin embargo, algún recelo remoto, cierta cautela ancestral o la simple vocación miserable les hacían mostrar una precariedad de medios que sus chequeras mellizas y sus cifras de ventas desmentían.

Aquella mañana a las nueve y media, mientras el traductor más rápido del Oeste y la Joya hacían puntual antesala, el culo helado sobre duras butacas, los pies helados sobre el cemento irregular del suelo, pudieron oír, tras los delgados tabiques de cartón prensado que convertían en tres despachos lo que había sido el depósito editorial, las voces destempladas de una torpe discusión por dinero: los García intercambiaban crudezas, se reprochaban intereses y por un momento Spencer y la Joya se sintieron el objeto arrojadizo que se lanzaban en la disputa.

La batalla acabó de pronto. Se entreabrió una puerta lateral y una voz repentina y frugal dijo:

—Buenos días, señores... El señor García Fuentes vendrá enseguida.

Spencer y la Joya se pusieron de pie. La indudable secretaria era una mujer menuda y vieja, con los rubios cabellos ya grises descoloridos de una clásica cautiva de *western*, expuesta por los pieles rojas a décadas de vida salvaje bajo el inclemente sol de la pradera y devuelta, demasiado tarde y a disgusto, a una civilización que la confinaba a trabajar entre paredes de cartón.

—Si son tan amables... —dijo la cautiva y se hizo a un lado, invitándolos a pasar—. Esperen un momento, por favor.

Fueron amables y esperaron largos momentos sentados ante un sucio escritorio que conservaba, en un ángulo milagrosamente libre, los restos de una porción de tortilla y un vaso de vino rosado. Frente a ellos y detrás del escritorio, la biblioteca que ocupaba más de la mitad de la pared tenía cinco estantes de tres metros de largo. Estaba enteramente cubierta de libros pequeños con lomos de colores vivos: amarillo, verde, rojo, azul y sus combinaciones. Cada tramo de metro y medio, un cartón vertical intercalado indicaba el paso de una colección a otra; allí estaba todo el aporte de Editorial Gracias a la literatura o al menos a la industria editorial española.

De repente se abrió la puerta lateral y apareció Rafael García Fuentes. Sonriente y apresurado. Sobre todo, apresurado. Saludó e hizo un gesto para que sus visitantes no se levantaran:

—Cuestiones con Ramón... —explicó sin explicar, señaló el otro lado y las estruendosas discusiones de las que provenía—. Hoy ha vuelto a llamar Mister Hood y eso lo pone nervioso... Sin, embargo, ya está todo arreglado: Ramón no cree en mí pero yo sí creo en vosotros.

A la Joya no pareció impresionarla semejante declaración de fe:

—¿Quién es Mister Hood?

—Eso tal vez no debería importarle, señora... —dijo rudamente el editor. Se puso el trozo de tortilla en la boca y los observó mientras masticaba: su rostro se dulcificó levemente al terminar de tragar—. Quiero decir que el sábado ya le he explicado al señor Spencer en qué consistía su trabajo y hemos llegado a un acuerdo. Con la información de la que disponéis es más que suficiente...

Spencer asintió con una inclinación de cabeza. La Joya lo miró de reojo.

—Será una tarea contra reloj —prosiguió el editor—. La primera docena de títulos de la serie debe estar lista antes de las fiestas de fin de año... Tal es el compromiso que hemos firmado hoy con Mister Hood. Yo los he visto trabajar en las Ramblas y sé que pueden lograrlo.

—Lo haremos —dijo Spencer.

—¿Cuál es la serie? —insistió la Joya.

—Han venido a comprarnos la serie *Vietman*: todos los títulos de la serie *Vietman*, señora...

—¿Vietnam?

—No: *Vietman, Viet... man* —puntualizó García Fuentes con fastidio mientras dirigía una mirada de reproche a Spencer—. Supuse que ya la habían puesto al tanto de qué se trataba...

El más rápido hizo un gesto evasivo que podía significar que sí o que no o absolutamente nada.

—Tenemos compradores para la versión original, en inglés, de *Vietman* —dijo el editor.

—¿Y esos originales dónde están? —insistió la Joya.

—Hay que reconstruirlos.

—No entiendo —se obstinó ella.

Spencer suspiró y quiso interrumpir.

—Le explicaré —se adelantó Rafael García Fuentes mirando su reloj. Se empinó el resto de vino matutino, sacó cigarrillos negros sin convidar y pasó a desarrollar, en pocos minutos de su precioso tiempo, lo que estaba dispuesto a compartir de la historia.

El gallego contó cómo dos semanas atrás un formalísimo Mister Hood había llegado desde Los Angeles enviado por la Warrior's, una de las casas editoriales más fuertes en literatura bélica de California, para adquirir los derechos de publicación de todas las novelas de la serie *Vietman*, una especie de superhéroe tan ambiguo en lo ideológico como eficaz y elocuente a la hora de las ventas; precisamente, su éxito aparatoso había dado fama y fortuna a la Editorial Gracias en los movidos años de la transición democrática.

Las hazañas de *Vietman*, tardía pero afortunadamente descubiertas ahora en Estados Unidos, bajo el ropaje autobiográfico de un aventurero yanqui en la década del setenta, eran una verdadera crónica de las guerras más o menos declaradas que ensuciaban diariamente los periódicos del mundo. Mezclando la documentación precisa y los personajes históricos con nerviosas dosis de fantasía, sin dudar en trasladar la acción del sudeste asiático a Latinoamérica o a la convulsionada África en vías de descolonización, el autor había inventado un tipo y una saga originales. El violento protagonista, un resentido desecho bélico que no había asimilado la retirada de Saigón, se investía de *Vietman* —oscuro y moderno justiciero político, un Capitán América salpicado por el Watergate que no había vacilado en trastrocar sutilmente un nombre tabú para convertirlo en emblema de victoria— y narraba en primera y cínica persona sus aventuras de temprano Rambo filtrado por el psicoanálisis y el clima político de los años de Ford y de Carter en la Casa Blanca.

Los primeros manuscritos en inglés habían llegado casi por casualidad y de contrabando a los atiborrados escritorios de los gallegos, habitualmente saturados de colaboraciones espontáneas. Alguien los tradujo acaso por curiosidad o morbo —no faltaban las violaciones en cenagosos manglares, las espías libias puestas de espaldas con fondo de oasis y destilerías en llamas— y pareció que la fórmula podía resultar una variante atractiva para el habitual tono más contenido de la editorial.

Decidida la publicación, no fue fácil localizar al autor ni hubo oportunidad de conocerlo demasiado. Resultó ser un mítico y extraño personaje, antiguo boina verde o supuesto mercenario de origen norteamericano que, retirado en una casona más allá de la playa de Sitges, gozaba del mar, de tiempo libre, de tranquilidad económica y de suficientes experiencias novelescas en su vida de acción como para escribir unas respetables memorias bélicas más o menos apócrifas. Se hacía llamar Comandante Frank y sólo una vez apareció por el edificio de La Sagrada Familia para firmar el habitual y leonino contrato de edición que al parecer poco le interesó. Todavía resonaban en los pasillos los taconazos de sus borceguíes, aún se recordaban los anteojos negros, unas manos improbables para la máquina de escribir... Después todo el contacto se redujo a esperar la entrega puntual de los originales cada quince días.

La serie fue un éxito impensado. Inicialmente la probaron como suplemento especial de la colección *Bazooka* pero después hubo que independizarla. Durante más de un año fueron creciendo las ventas quincena a quincena, ganando lectores en España y Latinoamérica hasta que de un día para otro las entregas se interrumpieron y la serie quedó clavada en el volumen treinta y seis.

A esa altura de la historia, Spencer se impacientó:

—¿Cuáles son los libros? —dijo señalando la estantería.

Rafael García Fuentes se empinó hasta el último estante y trajo una pila que depositó sobre la mesa. Los dispersó para que pudieran verlos. No eran ejemplares nuevos sino usados. Había incluso algunos de ellos con la cubierta desprendida.

—Tienen el aire de las *Hazañas Bélicas*... —dijo el más rápido examinándolos desde lejos.

—Tal vez. Sin embargo no se parecen a las cosas que escribían los clásicos Alex Simmons y Clark Carrados en los cincuenta; tampoco es lo que hacen hoy nuestros autores del género, como Burt Sherman o Spider Wayne. Las aventuras de *Vietman* suceden en otro momento político, en diferentes lugares y no son tan... simples, ideológicamente. Además tienen el morbo de ser autobiográficas.

—Sigo sin entender —dijo la Joya cautelosamente—. ¿Por qué no han recurrido al autor?

—Es inhallable. Después de la última entrega perdimos todo contacto con él. En Sitges creen que se volvió a Estados Unidos precipitadamente, pero Mister Hood sostiene que si ha venido a España es porque allá nadie supo darle razón de su existencia. En su momento lo rastreamos cuanto pudimos pero finalmente lo hemos dado por desaparecido... en acción. ¿Entienden?

Rafael García Fuentes subrayó su primer rasgo de humor negro con una exposición fuera de programa de su amarillenta dentadura:

—Ahora los autores son ustedes. El cliente espera.

—Pero aunque el tal Comandante Frank haya desaparecido tiene que haber textos originales... —porfió la Joya.

—Ya te ha dicho... —gruñó Spencer.

—Los originales se perdieron con el autor, señora... —el editor desvió la mirada con un suspiro, buscó paciencia en el gesto mecánico de limpiar las motas de polvo que cubrían la parte superior de los libritos dispersos sobre la mesa. Tomó uno de ellos, lo agitó—. Nunca se ha considerado esto como literatura propiamente dicha; no se conservan ni se devuelven manuscritos, aunque en este caso eran traducidos... Los papeles ocuparían cuartos enteros, ¿entiende usted? Al no poder localizar al autor, el material original es inhallable. ¿Hemos de admitirlo ante un comprador? Pensábamos que sí; pero cuando los vi en las Ramblas se me ocurrió que acaso podríamos reconstruir aceleradamente lo que no existe... Hacerlo bien y rápido. Yo apuesto por ustedes... Pero el tiempo se nos viene encima.

Hubo un ruido seco y los tres miraron hacia la puerta. Era justamente como si el impaciente Mister Hood ya estuviera allí para reclamar lo suyo. Pero no era él.

—El señor Ramón quiere saber cuándo comenzarán a trabajar —dijo Flora desde la puerta entreabierta.

—Ya —dijo Spencer—. Déme los textos.

—Eso es imposible —dijo cortésmente el editor—. Aunque parezca increíble, éstos son los únicos ejemplares que nos quedan y deshacernos de ellos es muy riesgoso. Sacarán de a uno por vez y lo repondrán al terminar cada traducción.

—Podríamos fotocopiarlos.

—Preferiría que no lo hicieran... —dijo una voz a sus espaldas.

Una extraña versión de Bartleby el escribiente se recortaba ahora en el marco de la misma puerta, junto y apenas por encima de la pequeña Flora.

—Él es Ramón, mi hermano —dijo Rafael García Fuentes.

Spencer y la Joya levantaron las nalgas lo suficiente como para arrepentirse de inmediato y dejarse caer ante el gesto indicativo, imperativo en realidad, del nuevo García más viejo.

—Trabajarán aquí y nada saldrá de aquí... —prosiguió Ramón; su dedo señalaba el frío cemento—. Cumplirán el horario de la oficina y harán lo mismo que según mi hermano saben hacer tan bien en las Ramblas, pero sin necesidad de contratar japoneses para convencer indecisos...

Se acercó a la montaña irregular de ejemplares, entresacó el número uno y lo puso ante la pareja como quien ofrece un plato de comida a un perro recogido en la calle.

—Aquí está el primero. Cuanto antes comiencen...

Y el tono y el gesto indicaban que quería que comenzaran cuanto antes para que desapareciesen cuanto antes.

Ramón García Fariña hablaba como quien tira al blanco: disparaba y miraba los efectos. No tenía prevista una respuesta.

—De acuerdo —dijo Spencer.

—De acuerdo —dijo la Joya.

Por un momento todos miraron el libro puesto al borde de la mesa. Era un ejemplar bastante ajado, con esa rara dignidad que adquieren los números iniciales de una colección. El violento dibujo de portada reventaba de colores sin duda efectivos: un veterano típico regresaba a la casa familiar —heridas de guerra, equipaje militar—; la hierba había invadido el porche de madera y los vidrios estaban rotos. Arriba, grande y con mayúsculas, ponía VIETMAN; abajo, *Nada de víboras*. El autor firmaba con trazo seguro, como al pie de un documento militar: *Francis Kophram Co.*

—¿Un seudónimo? —dijo el más rápido tocando apenas el libro, como para comprobar si estaba caliente.

—Es probable —dijo Rafael García Fuentes y levantó los hombros.

Después levantó las cejas, como si pidiera alguna pregunta más, levantó la comisura de los labios para dar confianza, levantó el culo de la silla para poner a todo el mundo en acción y finalmente levantó el brazo derecho y señaló la puerta que conducía al trabajo diario.

—No perdamos más tiempo. La señorita les indicará el lugar.

Los hermanos editores quedaron codo a codo tras la mesa mientras Spencer y la Joya partían guiados por la pequeña Flora.

Diez minutos después estaban ya con el barro a las rodillas, los mosquitos y todo tipo de alimañas que les hostigaban la espalda y con un miedo atroz de que la cobertura de los helicópteros no hubiera alcanzado para quemar el culo sucio de los sucios amarillos con el rubio napalm.

5. Contra reloj

A partir de aquel lunes, Spencer y la Joya desaparecieron repentinamente de las Ramblas. Los mimos, los peruanos de los huainos, las expertas en Tarot, los vendedores de sus propios poemas y los mercaderes de pájaros notaron su ausencia. El Topo se quedó más sola en su selva particular y siempre dijo a los que le preguntaron que sus amigos regresarían el sábado. Pero sólo hasta ahí. La aceitada costumbre de la desinformación que la había acompañado durante años de militancia aconsejaba no explicar nada más. En realidad, tampoco sabía demasiado. Con la primera paga adelantada la pareja había emigrado de su alojamiento provisorio dejándole la heladera inusitadamente provista y algunos olores menos para su soledad. Después, en apresurada visita se enteró de que habían buscado y encontrado dos habitaciones, baño y cocina en el barrio chino y que por esas callejuelas andaban de noche, de bares, de enigmas de ciudad y oficio nuevo.

El día se lo comía el trabajo. Todavía sorprendidos por la extraña tarea encomendada, Spencer y la Joya se entregaban en doble jornada a la paradójica tarea de convertir la sólida y cambiante prosa castellana del ex boina verde en su hipotético original inglés. Con voz grave y precisa, el más rápido del Oeste iba diciendo la traducción que su mujer vertía sin errar tecla, sin perder tiempo. El vértigo del trabajo mecánico no impidió que el afanoso Spencer descubriera las oscilaciones del texto, sus saltos de estilo. La prosa iba y venía de las formas escuetas, casi telegráficas de las escenas de acción y violencia que asaltaban cada tantas líneas el relato con la regularidad de una convención, a los extraños tramos morosos, curiosamente analíticos de sentimientos y motivaciones; verdaderos remansos narrativos donde no faltaban las consideraciones políticas, los datos sociológicos apenas disimulados por personajes y situaciones que iban mucho más allá de la obviedad y el maniqueísmo ideológico propios del género.

Pero había algo más:

—No se nota el inglés de abajo —dijo Spencer.

—No entiendo —dijo la Joya con los dedos en suspenso.

—El que tradujo esto sabe mucho. No se notan las costuras, las marcas de la otra lengua debajo del texto castellano.

Estaban casi en el final de *Los boludos y los muertos*, tercera aventura de la serie. Avanzaba la tarde del viernes y acumulaban ya cinco días sin levantar prácticamente el culo de la silla.

—Nunca hablaron del traductor... No figura —dijo la Joya y lo verificó una vez más en la página de *copyright*.

—Me gustaría tener alguna vez un texto inglés a mano para confrontar...

Hubo una risita contenida. Spencer se volvió: en el escritorio contiguo, la vieja Flora hacía chasquear repetidamente la lengua mientras agitaba la cabeza, negaba quién sabe qué sin levantar la mirada de sus papeles.

—¿Qué pasa? —dijo la Joya.

—Nunca veréis esos originales... —sentenció la secretaria—. Nunca los han tenido.

—¿Cómo es eso? —se sorprendió Spencer.

—Nunca.

Era la segunda vez que escuchaban la voz de la vieja cautiva a la que habían supuesto por siempre condenada a la sumisión y al eterno silencio.

—Tal vez el primero y el segundo hayan llegado escritos en inglés... —precisó Flora, mirándolos por encima de los anteojos—. Pero no creo que muchos más. Les llegaban directamente en castellano. Los traía la traductora, que era al mismo tiempo la secretaria o algo así del Comandante. Betty, se llamaba, y se acostaría con él...

—Así que acá nunca ha habido originales en inglés... —confirmó la Joya.

—Eso creo.

—Nos dijeron que no los habían conservado.

—Dijeron, dijeron... —se burló la vieja.

Con un pulgar desdeñoso señaló el pasado por encima del hombro, las cargadas espaldas llenas de años y fatigas acumuladas allí como las reservas de rencor de un dromedario maltratado.

—Cuando llegó ese tipo de California y mostró el dinero no se atrevieron a decir que no tenían ni idea de esos originales... Sólo pensaron en el negocio. Nunca pensaron en buscar seriamente al Comandante Frank o a Betty para avisarles que había alguien interesado en sus libros. Es una vergüenza lo que están haciendo.

—Nosotros no... —se cubrió la Joya con un precario ademán de disculpa—. No sabemos tampoco qué tipo de contrato firmó el autor. Tal vez cedió todos los derechos y...

Entonces fue cuando conocieron la risa de Flora. Era un sonido sordo, como un sollozo que se resolvía en agudos repentinos y desencadenaba arranques nuevos y así.

—Eso habría que preguntárselo a Ríos... —dijo en una pausa y siguió riendo—. Él es el único que debe saber qué tipo de contrato había firmado el Comandante... Es muy gracioso.

—¿Quién es Ríos?

—Shhht... Más bajo. Ése es innombrable aquí. Ramón es capaz de saltarles al cuello si los oye hablar de él. Era uno de vosotros.

—¿Cómo?

—Un argentino ladrón.

—Soy uruguayo —puntualizó Spencer Roselló como si se defendiera o pusiera un río de por medio, un color diferente en el mapa y esquivara de un salto, groseramente, el alevoso golpe bajo.

—Ríos coordinaba la serie *Vietman*... Un argentino ladrón —insistió Flora.

La Joya se levantó haciendo ruido con la silla contra el cemento:

—¿Qué carajo les pasa con los argentinos a estos gallegos de mierda? —dijo a los gritos, dispuesta a traducirlo a cualquier lengua.

Pero la vieja cautiva no se turbó. Se quitó los anteojos y sonrió oscuramente. Adelantó la mano, recogió el pulgar y extendió los dedos restantes como una cresta de gallo ante los veloces traductores.

—Cuatro millones de pesetas se llevó —y la cresta del gallo se invirtió, se apoyó en el escritorio, caminó con dedos, con pasitos rápidos...—. Cuatro millones de pesetas en el setenta y nueve. Mucha pasta.

—¿Dónde está?

—¿La pasta?

—No, Ríos.

—Lejos.

Por el gesto, podía ser el otro lado de la ciudad o del

Atlántico, algún lugar bajo el sol o a la sombra donde el largo brazo de Rafael o de Ramón no llegase.

Precisamente en ese momento, como la fotocopia imperfecta de una pesadilla o una aparición inesperada, la réplica quemada en blanco y negro de su medio hermano, apareció Ramón:

—¿Qué es todo este jaleo, Flora?

Los otros no existían. Era su modo de demostrar tolerancia.

—Cuestiones de trabajo —dijo el dromedario rencoroso y agachó la cabeza, siguió mascullando por lo bajo.

—¿Qué dices?

—¿He dicho algo acaso?

—Mejor no digas nada... Recoge tus cosas y ven a mi despacho.

El editor se desentendió de ella y se volvió hacia la mesa de los traductores repentinamente ensimismados en su trabajo.

—¿Piensan cumplir el contrato? —dijo señalando el preciso lugar donde había quedado congelado el texto desde hacía más de media hora—. No escucho la máquina de escribir.

—Cumpliremos —dijo Spencer y la Joya asintió.

El gallego meneó la cabeza mientras a sus espaldas la vieja Flora golpeaba los cajones como para desarmarlos, se quejaba entre dientes.

—No lo creo... —y Ramón García Fariña revolvió los libros con un dedo ajeno, desdeñoso—. Sólo *Nada de víboras, Dos tristes trópicos* y *Los boludos y los muertos* hasta ahora...

—Apostemos algo, si quiere —dijo el más rápido, casi no pudo evitarlo.

—¿Apostar? ¿Apostar... qué?

Spencer Roselló se encogió de hombros, sonrió, buscó

en algún bolsillo real o imaginario del alma y se puso finalmente la mano en el pecho.

—Es poco —dijo el gallego y salió.

6. NO ES JUSTO

Spencer Roselló era un intuitivo, un desaforado jugador siempre a la espera de una señal, apenas un gesto de la realidad para arriesgarse: había crecido a tirones de pálpito y caería a golpes de suerte o desgracia.

Tal vez por eso, la turbia mañana en que el cinismo de Ramón García Fariña lo dejó apostando solo contra el tiempo como a un boxeador con su sombra, Spencer supo o quiso creer que allí se ocultaba algo grande: dinero, mucho dinero sin duda. Y acaso no sólo eso. El traductor más rápido del Oeste sentía que la oportunidad pasaba a su lado como un transatlántico que se deslizara a oscuras, silencioso en la noche, frente a la isla donde los náufragos dormían una vez más...

Entonces decidió no esperar. Ese mismo viernes convenció a la Joya de suspender la salida para comer de mediodía con el pretexto de adelantar el trabajo y, cuando quedaron solos, la dejó tecleando en simulación traductora y aprovechó para colarse en el despacho de Rafael García Fuentes.

Regresó a los diez minutos excitado, casi febril, con algunos papeles que suponía reveladores y un plan de acción más claro que sus objetivos:

—Esto es muy gordo, Joya... —dijo con estudiada calma.

Ella le notó un aire entre furtivo y triunfal que bien le conocía y dudó antes de entusiasmarse demasiado:

—No sé qué piensas hacer, Spencer —le dijo—, pero sea lo que fuere, con cuidado, mucho cuidado...

—Tú, tranquila.

La tomó del brazo y se la llevó casi a la rastra hasta una zona de la editorial desconocida para ella. Se detuvieron ante la puerta de la contaduría.

—Quédate aquí y avísame con un golpecito en la puerta si viene alguien —dijo el más rápido.

Atenta y atemorizada, la Joya montó guardia durante el interminable cuarto de hora que Spencer empleó en buscar, revolver, registrar datos, fotocopiar, lo que intuía evidencias quién sabe de qué.

—Todo listo —dijo al salir.

—Es la última vez que me haces esto... —murmuró ella. Pero ninguno de los dos se lo creía.

Spencer repuso todo en su lugar, volvieron a su oficina y durante toda la tarde trabajaron normalmente, acaso más rápido que nunca; terminaron la traducción de *Los boludos y los muertos* y comenzaron la siguiente a buen ritmo. Aunque Flora no regresó, los paseos vigilantes de Ramón entre los escritorios se sucedieron sistemáticos como el paso de un satélite de uso familiar y exagerado que no había podido sino registrar la acelerada eficacia de los traductores.

Sólo cinco minutos antes de la hora de salida Spencer interrumpió su trabajo altisonante. Mientras ordenaba sus cosas esperó que los metódicos García fueran sucesivamente al baño; en ese momento entró en el despacho de Rafael, se cargó media docena de libros bajo la chaqueta y después hasta se dio el lujo de mear junto al turbado editor con los bolsillos llenos de aventuras y secretos.

Cuando salieron finalmente a la calle, atardecía.

—Entre estos putos gallegos y ese Mister Hood se van a forrar, Joya... Hay muchísimo dinero en juego. Y no es justo.

—No es justo —ratificó ella.

—Claro que no.

Caminaban de regreso al barrio chino y la noche bajaba apresuradamente con ellos. Tenían esa sensación dura del día transcurrido en su ausencia, de la luz desperdiciada y ajena mientras ellos se afanaban, emparedados, por una escueta paga semanal que apretaban sin alegría en el fondo del bolsillo.

—Se va a acabar —dijo Spencer.

—Vendrá el Comandante y mandará parar —dijo ella, bajito.

—El Comandante Frank... Frank Kophram.

El más rápido percibió una tensión antigua, casi olvidada. Lo empalagaba un sentimiento contradictorio en el que se mezclaban la aparatosa ambición con la fe aventurera y algo así como un rescoldo de fervor militante que se negaba a morir:

—No es justo —dijo uno de los dos.

—Claro que no —asintió el otro.

Y en cierto modo hablaban de sus cosas en particular pero el juicio involucraba algo más que esa circunstancia, acaso el mundo o poco menos que eso.

7. La mercancía de los sueños

Horas después, insomne en la madrugada, Spencer Roselló revolvía papeles sentado en calzoncillos ante la mesa de la minúscula cocina. A la débil luz de la lámpara, con los tobillos fríos y un bolígrafo minucioso, repasaba datos, sacaba conclusiones, consultaba y volvía a consultar los libros robados.

Estuvo horas allí, abstraído, apenas atento a los rumores del cuarto contiguo, donde la Joya soñaba obstinada contra la opacidad de la noche. Spencer sentía que lo que buscaba era algo para ofrecerle a ella; aunque sólo tuviera la forma hueca de un manotazo en el aire, la elocuencia muda de un gesto sin traducción. Debía construir un sentido para la mañana.

En el momento en que supo o creyó que lo tenía, se dio cuenta de que una vez más en su vida iba a apostar por el camino de cornisa, el mar adentro, el resplandor al final del túnel. Y se sintió vertiginosamente bien.

Sobre la misma mesa en la que había desplegado los papeles diseñó un desayuno irreal y seductor y se encaminó a la habitación cuando apenas clareaba en la sucia ventana.

—Joya...

Ella estaba quién sabe en dónde y no parecía dispuesta a volver.

—Joya... No es necesario soñar nada, Joya...

Y comenzó a hablarle, a hacer ruidos de tazas, a meterla a empujones en el día con café caliente y besos detrás de la oreja.

—Despertate... —dijo poniendo los labios sobre los ojos cerrados—. Hay un desayuno preparado y la vida en preparación...

Ella parpadeó.

—¿Qué te pasa? ¿De qué me estás hablando?

Spencer arrimó una taza de café humeante a sus labios.

—Bebe y escúchame: vale la pena que te despiertes.

—¿Eh...?

—Sólo te lo explicaré una vez.

Y lo hizo, apasionada, atropelladamente, sin saber ni importarle cuánto tardaría en convencer a la Joya.

Su desvelada idea era en esencia muy simple: si los García no habían mostrado nunca demasiado interés en localizar al encarnizado Comandante Frank, ni al principio ni cuando desapareció, ahora había llegado el momento de que alguien se preocupara por hallar al escurridizo mercenario. Y quién sino ellos estaban en condiciones de hacerlo.

—¿Por qué nosotros? —atinó a argumentar clásicamente ella, más adormilada que dispuesta para la aventura.

Spencer le volvió a servir café como quien administra una poción antes de un rito inaugural y repitió sutiles y viejos argumentos. Deberían actuar cautelosamente, moverse con cuidado; si aprovechaban los viejos contactos y amistades en la ciudad, estaba seguro de que podrían tener rápidas noticias sobre el paradero del yanqui. Después, verían qué hacer...

—Eso es: ¿qué haremos?

El más rápido concebía una jugada fabulosa que aspiraba a arrebatarles a los turbios gallegos su cosecha de billetes verdes: justicia y negocio al fin juntos, como en los buenos y olvidados tiempos.

—Sé que esta vez nos salvaremos... —dijo finalmente.

Ella bebió un cauteloso sorbito de café como si estuviera probando su idea; después lo miró un momento y se dio vuelta en la cama, le dio la espalda y quedó en silencio.

—¿Y? —dijo Spencer mirándole la nuca.

La Joya pareció no haberlo oído.

—Empezaremos por rastrear a Betty —dijo de pronto y sin volverse.

El más rápido se tendió junto a ella con un suspiro. La abrazó.

—No —dijo a su oído—. Iremos directamente tras él: tiene que haber dejado alguna huella en Sitges.

Spencer sacó un papel del bolsillo en el que había escrito una serie de nombres y se lo puso ante los ojos:

—Todos éstos viven en la zona —dijo.

—Humm.

—En la arena se dejan huellas profundas.

—Pero se borran más rápido también... —dijo ella. Le arrebató la lista y la apartó un poco para poder leerla sin anteojos—. Humm... Estos tipos...

Fue como si sucesivas fotografías antiguas le provocaran pequeños cortocircuitos en la opacidad de la memoria, golpes leves en la boca del estómago, tirones hacia arriba y hacia abajo en las comisuras de los labios.

—No sé si tengo muchas ganas de ver a todos éstos... —dijo finalmente—. Pero sí tengo hambre.

Spencer lo interpretó como un gesto de asentimiento.

Se sentó en la cama y colocó la provista bandeja sobre sus rodillas. Tomó el cuchillo y lo mojó en su café; con la hoja caliente cortó la manteca dura y fría y la dispersó después, prolijamente, sobre una frágil tostada sin quebrarla. Era una de sus numerosas e inútiles habilidades, como dormir a los bebés frotándoles el dedo índice entre las cejas o ponerse la camisa al revés y hacer el nudo de la corbata en su espalda. Nadie le pagaría ni le daría un premio por ellas pero la Joya lo reconocía campeón en esas especialidades y en otras más íntimas.

—¿Dormiste algo? —dijo ella mientras le acariciaba la mejilla con la barba crecida, hacía crujir la tostada y llenaba todo de miguitas.

Él agitó la cabeza de un lado a otro y señaló la lista con el mentón:

—¿No me acompañarás?

La Joya mojó el resto de su tostada en el café de él; se formaron gotitas de grasa en la superficie que miraron juntos.

—Creo que es inútil —dijo—. Pero vayamos a Sitges. Me gusta la playa en invierno.

Spencer se desperezó con un largo y sonriente bostezo que se convirtió en alarido de euforia. Después apartó bruscamente las sábanas, se irguió sobre la cama y tironeó de la Joya:

—Arriba... Vamos a buscar al Comandante... ¡Arriba! —gritó.

Y mientras ella se resistía, aferrada a la almohada, el más rápido volvía a aturdirla con proyectos, tostadas y manteca, la seducía con un dulce de leche clandestino, le explicaba la vida, el porvenir, le vendía una vez más la vieja mercancía de los sueños.

Inauguraron la pesquisa el domingo por la mañana con un sondeo liviano que comenzó con amigos viejos de Tarragona, residuos de una militancia dispersada por la represión y el desencanto que ahora administraban un escueto parvulario, "La tortuga Manuelita". En dos habitaciones y un patio sin sol, Mara y Alejandro pretendían educar niños libres entre macetas y canciones; no sabían nada de comandante alguno ni querían saber, y luego de convidarlos a tomar el té en sillitas enanas pintadas de amarillo, los echaron como a apestados.

Hacia mediodía subieron a Sitges. Dos parejas de viejos homosexuales que les contestaron con monosílabos mientras tomaban un tibio sol como lagartos apolillados de museo fueron los interlocutores más locuaces. El balneario estaba bello y triste. Desde el ventanal del estudio de Sobrero, un astuto uruguayo que se ganaba la vida pintando paisajes alpinos frente al mar y playas soleadas en Andorra, Spencer y la Joya vieron caer el atardecer entre anécdotas de turistas mientras el Comandante se esfumaba tan inasible como la melancolía atroz que los hizo huir a Casteldefells.

Cenaron con sorpresivas velas y servicio de porcelana en casa de Silvina Silverstein. La rubia estudiante de antropología había cambiado los indios mapuches por un catalán ejecutivo de la Seat y se la veía bien. Los platos iban y venían rápidos, elegantes y vacíos como la conversación. A los postres pudieron insinuar el tema de esa barata literatura de quiosco que Silvina había leído e investigado largamente en sus coqueteos con la antropología cultural urbana; fue inútil; ni el Comandante ni su recuerdo, no sólo el olvido sino el simple y vertiginoso vacío.

Más aburrido que triste, Spencer estuvo tentado de quedarse con un Rolex que otro ocasional invitado olvidó en el baño, pero la Joya no se lo hubiera perdonado jamás.

Regresaron a Barcelona de madrugada, con arena en los zapatos, sal en el pelo y frío en los huesos.

8. Buscando a Betty

El lunes Spencer fue más temprano a trabajar. Repuso los libros en su lugar y descubrió el escritorio de Flora vacío y demasiado limpio. Dos semanas de compulsivas vacaciones fuera de temporada la habían sacado de circulación.

—Habrá ido a hacerse un aborto a Londres... —ironizaron las jóvenes salvajes de administración.

Spencer sonrió como un cómplice más y aprovechó para iniciar la búsqueda, el rastreo de recibos, documentos o simples recuerdos entre el personal contable de Editorial Gracias.

No fue fácil. Resultó una tarea tan ardua como peligrosa, ante la continua vigilancia de esos hijos de La Coruña. Sin embargo, hacia mediados de semana y después de tres tentativas, un encuentro cuerpo a cuerpo con Rosita la contadora tras los armarios de su despacho le permitió a Spencer Roselló verificar algunas cosas: que la empleada solía desechar el corpiño incluso ante los rigores del invierno; que no quedaba constancia o copia de contrato que permitiera localizar al Comandante Frank o a yanqui alguno así conocido; que existía —o había existido alguna vez— un número telefónico para comunicarse con la que había sido su habitual mediadora, la consabida señorita Betty.

Remitido a la presencia de la antigua telefonista de la empresa, Maite Obiols, luego de laborioso forcejeo dialéctico el más rápido consiguió que la vieja empleada accediera a revisar la pila de agendas que durante veinte años había conservado con celo ejemplar e injustificado.

—Es raro que no lo recordara de memoria... —exageró Maite al encontrarlo, sin mostrárselo aún y dejando pasar los segundos—. Tengo miles de números en la cabeza.

Spencer le aseguró que sí, que era raro.

—¿Qué cosa? —dijo Maite.

—Que no lo recuerde... y que tenga tantos números en la...

Maite no lo dejó concluir. Aseguró que sólo ella y acaso Flora la memoriosa podían dar cuenta de las cosas de otros tiempos. ¿Por qué no se lo habían preguntado a ella?

El traductor explicó que Flora había partido en imprevistas vacaciones y la telefonista dijo que le resultaba muy extraño y que hablaría con ella al respecto.

—Me parece bien —dijo Spencer impaciente.

—¿Qué cosa?

—Que... que le resulte extraño y que... hable con ella al respecto.

—¿Respecto de qué?

—De las... vacaciones o del... teléfono de Betty, creo —dijo Spencer casi desesperado.

—Usted cree... —Maite Obiols lo observó sin afecto ni pasión; después meneó la cabeza, desalentada y agregó—: ustedes, los uruguayos, son gente muy rara. Anote...

Con el fatigoso número en su poder, Spencer se dio por satisfecho, pidió una discreción que la difícil telefonista contestó con un gruñido poco alentador y escapó de allí.

Esa misma noche, bajo protesta y pisando los charcos de una lluvia reciente, fue la Joya quien se metió en una cautelosa cabina mal iluminada y telefoneó buscando un fantasma; tanteó la oscuridad al final de la línea.

—Diga —dijo una voz de mujer del otro lado.

—Diga —repitió la Joya, turbada y para ganar tiempo. Había olvidado el libreto.

—Diga...

—No sé si es el número que...

—¿Con qué número desea hablar?

La Joya se lo dijo.

—Sí, es éste... ¿A quién busca?

—Un momento...

La Joya intentaba ganar tiempo sin revelar su intención. Esperaba que pasara algo, y algo pasó: "¿Quién es, Beatriz?", dijo claramente una voz masculina junto a la mujer.

—No sé quién es... —respondió ella sin apartarse del teléfono, no dispuesta a cortar la comunicación todavía.

La Joya hizo un gesto afirmativo con la cabeza y hubo un pequeño revuelo en el interior de la cabina. Spencer se apoderó del teléfono y no dudó ni un instante:

—Buenas noches... Betty, por favor.

—Soy yo.

—Suerte que la encuentro.

—No sé quién es... ¿Qué quiere?

—Hay un buen negocio, Betty: el Comandante ha vuelto a interesar, después de tanto tiempo. El Comandante Frank...

—¿De qué me habla?

Pero no era una pregunta. El más rápido sintió que la mujer intentaba pensar, ganar o perder tiempo para pensar. No la dejó.

—*Vietman*, Betty... Se puede ganar mucho dinero con *Vietman* otra vez.

—No sé qué quiere decir...

—Sí que sabe... —y Spencer comprendió que ya pisaba

terreno firme pero que se acabaría rápidamente—. Mañana, a las siete de la tarde, la espero en el Zurich de Plaza Catalunya. Me reconocerá. Betty... Soy...

—Está equivocado —dijo ella y colgó.

Spencer echó una maldición y volvió a llamar una, dos, cinco veces más. No hubo forma. El teléfono siguió dando señal de ocupado.

—Basta —dijo la Joya, harta a esa altura y acaso vagamente celosa de una voz y de una sombra—. Es inútil... Y además no era ella.

—Era ella. ¿Quieres apostar?

Salieron de la cabina y el frío los apretó el uno contra el otro.

—No irá —dijo la Joya.

—¿Quieres apostar? —insistio él.

—Estoy cansada, vamos...

—Irá.

—No.

Spencer temía que identificaran el origen de las llamadas, así que no volvieron a intentarlo hasta el mediodía siguiente, desde el bar de la esquina de la editorial. Fue peor: ahora el teléfono estaba mudo.

Cuando regresaban al trabajo, la vieja Flora salió furtiva de un portal y los encaró con voz baja y cómplice:

—Vengo de allá... —y señaló el edificio de Córcega y Gaudí—. Maite me acaba de contar que le pidieron el teléfono de Betty... Me parece muy bien.

—Queremos averiguar...

—Yo también pienso hacer algo —aseveró la descolorida secretaria; su voz irradiaba una oscura energía—. Han querido sacarme de en medio... Hay que destrozar a estos dos desagradecidos...

La Joya sonrió y Spencer apenas se contuvo.

—¿La han visto ya? —preguntó la vieja.

—No... Todavía no —dijo la Joya casi disculpándose—. Spencer le ha propuesto encontrarse con ella hoy a las siete en el Zurich, pero no creo que...

—¿Y usted qué piensa hacer, Flora? —se cruzó Spencer casi con rudeza, apartó a la Joya y la sacó del diálogo.

—Los arruinaré —dijo ella simplemente—. Les cagaré la vida.

La vieja dio un lento giro y partió resuelta calle abajo, cerrada y sorda a todo lo que no fueran argumentos para su venganza.

A las seis de la tarde Spencer Roselló estaba vestido con unos pesados borceguíes acordonados encima de los jeans, chaqueta verde oliva sobre el pulóver gris que subía casi hasta su mentón y una mochila de tela de camuflaje al hombro. Sólo le faltaba pintarse la cara.

—No dudará de que soy yo —dijo sonriente.

—No irá, tonto —dijo la Joya una vez más—. Además, pareces tan ridículo vestido así...

Y eso no era todo. El más rápido metió la mano en la mochila y extrajo el ejemplar número 6 de la serie *Vietman: El invierno tan temido*. Habían terminado de traducirlo esa misma tarde, un texto curiosamente ambiguo, perturbador y entretenido.

—Pondré los pies sobre la mesa mientras leo esta maravilla. Ella vendrá directamente hacia mí.

—Ella no irá —sentenció la Joya y le pateó los borceguíes.

9. Por los pelos

Y no fue.

De siete menos cinco a ocho menos veinte, Spencer consumió un bocadillo de salchichón y tres cañas, sacó y guardó otras tantas veces el contenido de la mochila sin que Betty alguna se identificara ante él pese a que estaba bien ubicado, visible en medio de la población estable del Zurich y atento al movimiento de la boca del metro, a las oleadas de gente que cruzaban desde el extremo de las Ramblas hacia la plaza.

A las ocho menos cuarto cerró el libro y se levantó para recibir a la Joya que llegaba para verificar irónicamente un vacío, cobrar una apuesta que no se había atrevido a ganar tan fácil.

—¿A quién espera, comandante? —dijo al apoyar el bolso sobre la mesa.

Estaba parada frente a él y sonreía. Spencer se inclinó con un suspiro y levantó sus cosas de la silla contigua para hacerle un lugar.

En ese momento sonaron los frenos. Después, los golpes secos de las puertas.

—Una ambulancia.

Todo el bar levantó la cabeza, como una bandada de flamencos atenta para alzar el vuelo.

Era un vehículo chato, blanco y amarillo, con siglas laterales que Spencer no alcanzó a leer ni recordaría. La luz intensa que giraba en el techo barría todo el frente del bar como si manchara las caras, las botellas.

—Cuidado con esos... —dijo una voz por ahí.

Eran dos de guardapolvo blanco y uno de impermeable gris que mandaba. Buscaban a alguien, rápidos y decididos. Se movieron entre las mesas, fingieron vacilación y se dispersaron apenas para girar bruscamente y converger desde tres lugares a la mesa de Spencer.

—No se asuste —dijo una voz que le tocaba el hombro—. No es por usted.

Se volvió. No olvidaría ni ese rostro ni esa mirada.

—Es por ella —dijo el de impermeable.

La Joya gritó. Los dos enfermeros ya la arrastraban por las axilas y de los pelos hacia la ambulancia. Spencer quiso saltar tras ella pero un brazo de hierro le apretó el cuello, lo dejó quieto.

—¡Aaaag! —alcanzó a decir.

Algunos se volvieron hacia su grito mientras el resto miraba cómo los enfermeros forcejeaban con la Joya entre las mesas. Fracasado el intento de cubrirle la cabeza, el trámite se hacía más largo y complicado.

—¡Vamos! —exclamó el conductor de la ambulancia con la puerta abierta.

—¡Ayúdenme! —gritó ella.

Casi simultáneamente, una pierna olvidada en el camino o una zancadilla ocasional hicieron que el enfermero más robusto trastabillara al pasar junto a una mesa poblada de moros y se fuera ruidosamente al suelo, arrastrando con él a la Joya, que redobló sus alaridos.

Fue inmediato. Los golpes llovieron sobre el caído; espontáneos pateadores no tardaron en convertir el guardapolvo blanco en un huidizo trapo sucio que intentaba escurrirse entre las mesas. La Joya aprovechó para incorporarse y se lanzó a la calle como loca.

Ahí sonó el primer disparo.

—¡Al suelo todo el mundo, carajo! —oyó Spencer que gritaban junto a su oído.

El poderoso brazo que sujetaba su cuello dio un tirón hacia atrás y Spencer sintió que todo se desmoronaba a su alrededor. El de impermeable pasó de un salto sobre su cuerpo y corrió, revólver en mano, hacia la calle.

—¡Joya! —gritó Spencer y recogió una botella caída junto a él mientras se ponía de pie.

Sonó otro disparo y alguien cayó en la entrada del metro. Hubo más gritos. Los enfermeros se precipitaron dentro de la ambulancia y el conductor comenzó a maniobrar entre la gente que se apresuraba a escapar, se encogía, buscaba las paredes.

Spencer arrojó la botella con toda su furia y la reventó contra la ventanilla y el brazo del de impermeable que disparaba otra vez al aire, vociferaba abriendo paso. La ambulancia encendió la sirena y partió hacia la plaza sin respetar semáforos de cualquier color. Dobló aullando en la primera esquina y su sonido se disolvió entre los ruidos policiales que lo cubrieron todo.

Pero Spencer Roselló ya no oía nada de eso. Tras el rastro desordenado de la Joya, corría Ramblas abajo, chocándose con los curiosos atraídos por disparos y resplandores. Anduvo tres calles sin parar y dobló a la derecha, reproduciendo el itinerario de todos los días. La encontró allí, sentada en el primer portal, como si lo esperara.

—¿Qué pasó? —dijo ella.

—¿Cómo estás? —dijo él.

—No sé qué pasó —dijo ella.

—No sé quiénes eran —dijo él.

Se abrazaron.

—Dame el pañuelo —dijo ella sollozando. Le sangraban la nariz y la boca.

Spencer tanteó su ropa, comprobó los bolsillos y las manos vacías.

—Perdí todo al salir corriendo... Cuando pase este alboroto volveré a buscar las cosas.

—Ni se te ocurra —y ella volvió a sollozar—. Nunca más.

—Claro que no: nunca más.

Seguían sonando las sirenas.

Estaban tirados en la cama, solos, sin explicación ni consuelo, como restos de un naufragio. La campanilla del teléfono inundó repentinamente el cuarto. Se miraron en silencio. Lo dejaron sonar cinco veces. Después Spencer se acercó y levantó el auricular como quien mueve los palillos chinos o las brasas de un fuego tímido.

—Buenas noches. Sé que es muy tarde pero creí que era mejor no esperar —dijo una voz que no sabía de saludos ni de bienvenidas.

—¿Quién es usted?

—No importa eso. Estaba ahí cuando empezó el jaleo: tengo una agenda, unos documentos y otras cosas que encontré.

Hubo un largo silencio que vibró bajo. Como si el hilo telefónico fuera una cuerda tensa, una bordona muy grave que sonara al aire.

—¿Qué quiere? —dijo Spencer al final.

—Pensé que sería mejor y más cómodo para usted que no fuera la policía la que encontrara los documentos y todo eso.

—Gracias.
—¿Le interesa recuperarlos?
—Los necesito.
—Bien. Mañana lo espero a las seis de la tarde en mi negocio. Le explicaré cómo llegar... ¿Conoce Barcelona?
Spencer asintió.
—Bien... Anote, entonces...
—Un momento, amigo... ¿Cómo sé que no me miente?
—Le doy mi número de teléfono, si quiere —dijo el otro. Se lo dio sin esperar respuesta.
—Cuelgue ahora, que lo llamo —dijo Spencer.
Lo hizo y el otro contestó al instante. El más rápido escribió la dirección y las indicaciones precisas del desconocido, agradeció y se disponía a cortar.
—Tenga cuidado —dijo el otro—. Que no lo sigan.
—Lo de ayer fue un error. Alguien se confundió —dijo Spencer.
—Seguro. Pero tenga cuidado —reiteró el desconocido.
—Tendré cuidado.
Se despidieron y Spencer tardó unos segundos más en dejar el auricular.
—¿Quién era? —dijo la Joya.
—No... no sé —dijo él, sorprendido de no haberlo preguntado—. Es alguien que tiene todo lo que perdí, por suerte: la agenda, los documentos... Me dejó su dirección y teléfono.
Spencer mostró lo que había escrito en el margen de la tapa de *El País*, recortó el pedacito y lo dejó sobre la mesa de luz.
—Qué suerte —dijo la Joya con voz opaca o dolorida.
—Mañana a las seis —completó él.
Ella no dijo nada. Quedó inmóvil en la misma posición en que estaba antes de que sonara el teléfono: la mirada fija en el sucio techo del cuarto, los oídos ocupados con el ruido

chiquito de la lluvia. Movía la lengua dentro de la boca y sentía la piel suelta en las encías y en la parte interna de los labios. Le había salido bastante sangre pero no podía recordar en qué momento la habían golpeado en la cara.

—Mañana me ocuparé de recuperar todo y después nos vamos, desaparecemos de esta ciudad... —dijo él al rato—. Mientras tanto no hay que salir, ni moverse: no vayas a ninguna parte...

—Sí —dijo la Joya con un suspiro húmedo—. Ahora tratemos de dormir. Es muy tarde.

—Las dos.

Spencer se inclinó sobre ella y la besó levemente. Después apagó la luz y se quedó largo rato fumando en la oscuridad. Sentía que ella también estaba despierta y silenciosa a su lado. Pero ninguno dijo una sola palabra.

A esa misma hora, a pocas manzanas de allí y bajo la lluvia indecisa, tonta y fría, apareció el primer cadáver. La joven prostituta que regresaba sola a su cuarto vio un par de buenos zapatos arruinándose junto a un charco de agua sucia. Cuando se inclinó descubrió también las piernas flacas y venosas enfundadas en medias clásicas, la falda larga, oscura y pudorosa hasta el final. No fue necesario que viera la cara destrozada para descubrir que la mujer estaba muerta.

Dos

Pero lo que más quería era comprender el agua. Es posible, me decía, que ella no quiera otra cosa que correr y dejar sugerencias a su paso; pero yo me moriré con la idea de que el agua lleva dentro de sí algo que ha recogido en otro lado y no sé de qué manera me entregará pensamientos que no son los míos y que son para mí.

FELISBERTO HERNÁNDEZ, La casa inundada.

10. Un lugar para pensar

Miró dos veces por encima del hombro al tomar el metro en la estación Liceu y otras dos cuando se bajó en las alturas descampadas de Vallcarca para que el viento lo maltratara. Pero lo hacía sin convicción; Spencer Roselló, el traductor más rápido del Oeste, sentía que era imposible cuidarse de los rayos, de los virus, de los peligros que nos han elegido como presa sin aviso ni piedad.

Consultó el plano de la ciudad que lo guiaba, cruzó el puente que saltaba sobre la rápida avenida allá abajo y al llegar a la plaza del otro lado se internó por la callejuela que se abría a la derecha. En la segunda esquina encontró el muro, el ancho portón, el negocio y el cartel excesivo, la pretendida opulencia de Waterway Sanitarios.

La esquina parecía más nueva que el apurado óxido de las persianas entrecerradas y grises, que los cascados azulejos que dibujaban un interior de baño en el exterior. Una antigua bañera con cuatro patas anchas en forma de garra cerrada sobre una bola de hierro pendía, con su antigua ducha incorporada, a tres metros de altura sobre la puerta principal. Se agachó instintivamente al entrar.

El salón era un espacio rectangular largo y estrecho dividido en sucesivos esquemas de distintos tipos de baño: clásico, moderno, blanco, tropical, chino, geométrico, rococó y algunos que Spencer no habría vacilado en definir simplemente como incómodos.

Espejos, bidets, inodoros, bañeras, lavabos y saunas se enfilaban en un muestreo completo y azulejado bajo la aburrida luz de los fluorescentes. En todo aquello reposaba un aliento sórdido, más denso que el silencio de las mueblerías o la quietud de un escaparate de modas. Esta soledad ya no esperaba nada. El polvo acumulado sobre el falso mármol y la porcelana barata de los artefactos tenía algo de siniestro y definitivo.

Spencer deslizó el pulgar sobre el redondeado contorno de un bidet amarillo con grifos cromados en forma de trébol de cuatro hojas.

El dedo quedó gris.

—No se preocupe. Usted nunca se sentará allí —dijo una voz lejana pero clara y aseverativa.

—No por ahora —contestó Spencer.

Solía recurrir a ese tipo de respuestas ambiguas que le daban un aire de mundana inteligencia o, al menos así lo sentía él, una impresión de aptitud para no tomarse en serio.

La voz volvió a buscarlo desde lejos, amistosa:

—Usted ha de ser Roselló... Pase, pase...

Detrás del escritorio final, el único objeto de madera en todo el local, el hombre lo invitaba con gestos amplios de orador.

—Sí, soy Roselló... —dijo aproximándose—. ¿Y usted quién es?

En ese momento, una mujer de mediana edad, anteojos y pelo corto apareció por una puerta lateral y se deslizó silenciosamente hacia la salida sin reparar en Spencer.

—Hasta mañana, señor —dijo, volviéndose apenas.

—Hasta mañana —dijo el otro.

Spencer la miró salir y después se volvió hacia el hombre del fondo. Caminó hasta el escritorio y se detuvo frente a él:

—¿Usted quién es? —reiteró.

El otro no se levantó. Apenas alzó un poco la cabeza.

—El que encontró la agenda —dijo.

Era un hombre gordo, todavía joven y de rasgos desordenados. Los anteojos estrechos e inútiles se apoyaban en el extremo de una nariz curiosamente afilada. Miraba por encima de ellos; observaba, en realidad. Llevaba puestos un vasto pulóver de cuello alto blanco con trenzas verticales y un jean descolorido.

—¿Ha venido solo? —dijo mirando por encima del hombro de Spencer, como si esperara ver detrás de él al Séptimo de Caballería.

El más rápido giró para verificarlo él mismo y asintió. El gordo sonrió:

—¿Le ha costado mucho llegar?

Spencer le mostró su plano de Barcelona.

—Porque si bien el apellido Roselló es catalán, usted no es de aquí —sentenció el otro.

—No, claro que no. ¿Tiene mis cosas?

El gordo no contestó. Se puso de pie de un solo impulso. Era grandote pero no se movía pesadamente. Tenía los muchos kilos acumulados en los hombros, el cuello, el abdomen alto y sólido; sin embargo, las piernas eran delgadas y los brazos rígidos parecían cortos, obligados a pender oblicuamente a los lados del tronco.

—¿No son ésas mis cosas? —insistió Spencer, y señaló el sobre de cuero apoyado en un estante, detrás del otro.

El grandote se movió apenas y tapó con su cuerpo todo lo que estaba tras él. Fue casi una respuesta. Pero no habló de eso:

—¿Quiere un poco de café?

—Sí.

El gordo pasó a una pequeña habitación contigua en la que brillaba una hornalla en la creciente oscuridad. A sus espaldas, Spencer se echó a reír.

—¿Qué le pasa? —dijo el otro sin volverse. Preparaba café y los pocillos parecían dedales en sus manos.

—¿Por qué se sienta ahí?

Spencer señalaba el inodoro con tabla, tapa y todo que el otro había abandonado al ponerse de pie, y que ocupaba el lugar de la butaca tras el escritorio.

—Ah... eso —dijo el gordo sin énfasis, apenas sobre el hombro—. Hace años descubrí, Roselló, que el baño era el lugar donde se me ocurrían las mejores ideas. Y no precisamente bajo la ducha ni mientras me lavaba los dientes... Para mí, sentarme en el inodoro resultaba un momento tan fértil de lucidez, de claridad conceptual, como esa zona gris que se forma en los alrededores del insomnio, donde todo nos resulta posible...

El gordo se volvió un poco más buscando aprobación, y Spencer se la concedió casi sin saberlo.

—El insomnio no se puede prever o planificar... —continuó—. En cambio, lo del baño es muy simple. Sobre todo cuando comprobé que para obtener buenos resultados ni siquiera precisaba usar el inodoro o realizar el simulacro de bajarme los pantalones y todo eso... Bastaba con la sensación de estar sentado ahí.

—¿Y a qué se debe?

—No le he dado demasiadas vueltas al asunto pero supongo que es por la sensación de privacidad y de goce personal al mismo tiempo... Es el único momento en que siempre estamos solos. Eso no nos pasa ni en la cama ni al comer, por ejemplo, que suelen ser momentos placenteros que se potencian en compañía...

El gordo volvió con los pocillos, los puso sobre el escritorio y sonrió:

—Por eso, cuando elegí este oficio pude darme el gusto y me lo doy... —dijo mientras depositaba con delicadeza su poderoso culo en el inodoro—. ¿Cuántas cucharadas?

Spencer, siempre de pie ante el escritorio, dijo que lo tomaba amargo.

El gordo señaló a un costado:

—Hágame el favor, Roselló, pruebe ese modelo clásico de tapa negra. Arrímelo, es más liviano de lo que parece y más cómodo que cualquier silla que le pueda ofrecer.

Spencer lo hizo y se sentó. Esbozó un gesto de aprobación que repitió al probar el café.

—Pero ninguno como el Sorocabana de Montevideo, ¿no es así, Spencer? —comentó el gordo.

El más rápido bebió en silencio, sin atreverse a asentir.

—A ustedes, los uruguayos, no les tiembla el pulso en el momento de poner nombres a los críos... —prosiguió el otro—: Wilson, Washington, Waldemar... Recuerdo un boxeador: Dogomar...

—Martínez... —completó Spencer—. Mi hermano mayor se llamaba Darwin... Cosas del viejo, que era medio filósofo, medio anarquista... Pero usted tampoco es de acá... ¿De dónde es?

Por toda respuesta, el gordo tomó el sobre de cuero que estaba a sus espaldas y lo colocó equidistante de ambos, en medio del escritorio. Spencer no movió un dedo.

—Ahora que habla de filósofos... —dijo el gordo volviéndose para señalar un retrato colgado en lugar preferencial—. Ahí tiene uno.

Era la fotografía de un hombre joven y calvo, de gruesos bigotes, con mirada clara y convencida de principios de siglo.

—Josep Destandau, mi tío abuelo. Un hombre sabio,

un patriarca. Cuando le preguntaban de dónde era, él solía contestar: una persona es tanto de donde viene como de adonde va... Por eso no debería preguntarse de dónde es alguien sino adónde es...

—¿Y adónde era el tío?

El índice del gordo señaló primero el escritorio y luego extendió el gesto abarcador a todo el local y acaso más lejos.

—El fundador —dijo—. Pero mucho más que eso: Destandau era un filósofo.

—¿Un filósofo?

—Pensaba, trataba de explicarse las cosas, Roselló... Tenía máximas, principios que le gustaba repetir. Un día me dijo: "Mingo, el agua nunca se equivoca. No sube cuando hay que bajar ni anda a contramano. El agua va por donde hay que ir y siempre pasa. Y lo del agua es lógica, no obstinación. La obstinación sin lógica es al pedo, Mingo... Además, el agua siempre tiene razón: horada las piedras y se lleva la mierda".

Spencer soltó una carcajada:

—Es muy bueno eso.

—Sí señor —continuó el gordo—. Mi tío Josep no sólo había desarrollado como cualquier naturista una filosofía sanitaria basada en el madrugón, la ducha fría y los baños de asiento, sino que había encontrado en la observación y el manipuleo del agua la clave para la explicación de muchas conductas humanas, un verdadero sistema de pensamiento.

—¿Y qué hizo con todo eso?

—¿Esto le parece poco?

—No, pero si tenía semejantes inquietudes...

El otro lo acalló como si apretara, en el aire, el botón del depósito de agua:

—Además, fue un pionero —dijo cortante—. Mi tío introdujo el bidet en Bolivia en 1918. Mire la fecha que le digo... Además, inventó una tabla de indicadores sanitarios que debía utilizarse para medir comparativamente los países, ciudades, civilizaciones enteras: las relaciones grifos-hombre, retretes-familia, etc. En lugar de kilómetros de ferrocarriles, de kilovatios, de líneas telefónicas, proponía medir a partir de los lavabos, los inodoros... Realizó investigaciones históricas que causaron revuelo: *El imperio sanitario de los mayas, Inmersión y ducha en la revolución francesa...*

—¿Qué era eso?

El gordo sonrió traviesamente:

—Un opúsculo muy curioso en que establecía, con estadísticas muy serias, correlaciones entre las costumbres higiénicas del poder monárquico, con su concepción de un tiempo de disponibilidad infinita que se expresa en el ceremonial baño de inmersión, y la urgencia republicana y reivindicativa de la ducha revolucionaria. El capítulo que homologaba la proliferación simultánea de ducha y guillotina era de una brillantez espectacular.

Spencer apenas si podía seguirlo pero asentía admirado.

—Además —continuó el otro—, están sus aportes a lo que llamó antropometría sanitaria...

—¿Qué?

El gordo se inclinó hacia el cajón inferior del escritorio, lo abrió y comenzó a revolver.

—Hay un folleto —dijo sin incorporarse—. Explica con lujo de detalles un montón de cuestiones de antropometría sanitaria.

—¿Qué es eso?

—Muy simple. Mire ese inodoro celeste...

Spencer se levantó y fue a observarlo de cerca. Era un sanitario antiguo, con los ángulos cascados pero con un cierto aire de dignidad artesanal en los grifos trabajados y en la firma Waterway del fondo, con caracteres *art nouveau.*

—Siéntese... —invitó el gordo.

Spencer se acomodó.

—¿Qué nota?

—Es más ancho —dijo Spencer levantándose.

—Sí señor: el culo de las españolas y de los españoles es más ancho que la media yanqui-europea-sajona, que es la que ha impuesto, en esto también, los usos y medidas... —aseveró el gordo—. Y hay otra cuestión en relación con el largo de las piernas: ese inodoro es algunos centímetros más bajo porque atiende a la distancia media de las rodillas respecto del suelo en este país. Y ni qué decir de las actividades de parado: durante un viaje que Destandau hizo, ya a la vejez, a Estados Unidos, realizó un estudio estadístico sobre los mingitorios de la ciudad de Nueva York y descubrió que eran sensiblemente más altos que los del resto del mundo. Para dar un ejemplo...

El gordo se puso de pie e hizo el gesto clásico, arrimándose a la pared.

—Los japoneses, en Nueva York, tienen que mear para arriba... Digo, los japoneses medios o la media japonesa, mejor...

—¿Es cierto eso que dice? —desconfió el más rápido.

El otro lo miró con infinita placidez, entre el aburrimiento y la sabiduría:

—¿Usted qué cree, uruguayo? ¿Será cierto eso que dicen de las medidas de las armaduras medievales? —dijo imprevistamente, sacándose los anteojos—. O lo que se deduce del tamaño de los sarcófagos egipcios: el ser humano era más chico, antes... Hemos crecido, se supone. Pero lo que tal vez ha sucedido es que Ramsés o Ptolomeo o quien carajo fueran eran petisos nada más...

—No... Eso se sabe —insinuó Spencer.

—Se dice, uruguayo... Sólo se dice —enfatizó el gordo—, pero nadie se preocupa por verificar esas afirmaciones. Son verdades que circulan sin comprobación. O sea que no son verdades sino opiniones que se toman por verdades porque da gusto creer en ellas, son atractivas... Parece lógico y sería agradable que las cosas fueran así...

—¿Adónde quiere llegar?

El gordo señaló con el pulgar el retrato de su tío:

—¿Por qué no creerle a él si nos hemos creído tantas verdades de ese tipo en cuestiones mucho más jodidas que el ángulo de meo de los orientales?... —se tocó el pecho—. Los de nuestra generación, digo, los latinoamericanos de nuestra generación, quiero decir...

—¿A qué se refiere? —lo interrumpió Spencer.

—¿Cómo a qué me refiero? —y el gordo parecía airado, extendía los brazos, se asombraba teatralmente—. ¿De qué hablaba Destandau?: del agua, de la gente, de la madre que lo parió... Siempre hablamos de todo y de nada, uruguayo... Él se sentaba frente a una canilla y pensaba. Después tiraba hipótesis: la verdad del agua, el tamaño del culo de las españolas, la ducha y la guillotina, en fin... Se puede empezar a pensar por cualquier lado pero siempre vamos a llegar a la misma parte.

—No entiendo adónde quiere llegar usted —dijo Spencer y parecía fastidiado—. Además, yo quisiera que me diera mis...

El gordo no lo dejó seguir:

—Usted, por ejemplo: ¿a qué se dedica, uruguayo?

—Soy traductor, en una editorial.

—Escribe.

—No soy escritor. Sólo traduzco. Ahora estoy trabajando en una serie de libritos. Uno, precisamente... —y Spencer estiró la mano hacia su sobre de cuero, que había quedado allí, en medio de la mesa, durante toda la conversación.

—Lo vi.

El gordo alejó apenas el sobre del alcance de Spencer y puso su pesada mano encima, como un oso que cubriera su comida con la pata.

—Lo vi —repitió—. Pura basura fascista... ¿No le dio asco traducir esto?

Spencer sintió que el oso lo miraba desafiante. No sólo no dejaba que le tocaran la comida sino que parecía dispuesto a estirar la garra en cualquier momento.

—No lo traduje... —se excusó—. O al menos no lo traduje así.

—¿Cómo lo tradujo?

El más rápido estuvo a punto de contestar pero de repente comprendió que estaba yendo demasiado lejos:

—Creo que eso no importa, en realidad... Devuélvame mis cosas.

El gordo suspiró, meneó la cabeza:

—¿Esto le preocupa tanto? En fin...

Tomó el sobre, lo abrió medio metro encima del escritorio y dejó caer todo como una lluvia irregular y ruidosa. Rodaron los documentos, el encendedor, las monedas, un par de billetes, el libro, sobres de azúcar, un diccionario mínimo japonés-castellano, un preservativo, dos bolígrafos, un peine, un lápiz, una agenda que al caer desparramó tarjetas propias y ajenas.

—Está todo ahí: eso es lo suyo —dijo el gordo sin ironía.

Spencer no pudo dejar de sentirse oscuramente avergonzado. Empezó a juntar todo con apuro, como si hubiera sido él quien lo había desparramado.

—Gracias.

—No falta nada... ¿Quién le va a robar algo? La agenda es una patética lista de sudacas; además, este pasaporte... —y lo tomó con la punta de los dedos, casi con asco—. Es falso. Y no sólo eso: creo saber quién lo hizo, un chapucero que alguna vez fue un artista. Le salían bien cuando creía en lo que estaba haciendo. Ahora no se lo cree y el resultado está a la vista. Y espere que hay algo más.

Se volvió otra vez hacia la repisa y le alcanzó una boina verde todavía dentro de una bolsa de plástico transparente.

—Se le cayó del bolsillo de la chaqueta... —dijo poniéndola sobre el escritorio—. Usted estaba disfrazado o algo así...

Spencer no contestó: recuperó la boina con un manotazo casi furtivo. El gordo sonrió. Después comenzó a reír lentamente. La risa creció un poco más, se le humedecieron los ojos.

—¿De qué se ríe?

—Yo estaba allí, no se olvide, Roselló —dijo el gordo por toda explicación; dejó de reír y se secó los ojos—. Esperaba a un amigo que no llegó. Estaba adentro, cerca de la ventana, a sus espaldas...

—No lo vi.

—Claro que no. Estaba muy interesado en montar esa escena tan aparatosa —y volvió a reír.

—No fue un montaje.

—No, sin duda que no —lo calmó el gordo, siempre riendo—. Anduve por el suelo cuando empezaron los tiros: eran de verdad. Pero usted estaba disfrazado, uruguayo...

—Me voy —dijo Spencer poniéndose de pie—. Dígame cuánto le debo.

El gordo lo retuvo con una mano pesadísima mientras hacía esfuerzos por reprimir la risa:

—Discúlpeme. Y espere un momento... —lo obligó a sentarse otra vez—. ¿Qué pasó con ella?

—Ella está bien.

—Me alegro... —y no le soltaba el brazo—. ¿Tienen dónde esconderse?

—Tengo mi casa.

El gordo cambió de tono:

—No sé qué habrá hecho usted, uruguayo, pero esa gente parece dispuesta a todo —y seguía sin soltarle la mano, paternal, autoritario—. Váyanse enseguida de donde estén. Y cuenten conmigo...

—Pero usted no sabe de qué se trata.

—Y me parece que usted tampoco.

El gordo lo miraba ahora con socarrona piedad, lo compadecía sabia y amablemente:

—Es una selva la vida, mi amigo... Y hoy nadie se puede arreglar solo... ¿Se puede imaginar qué pasaría si el mismísimo Jesucristo volviera hoy, tal como se fue, y caminase otra vez entre la gente, intentara predicar? ¿Se lo puede imaginar?

—No, no sé... —dijo Spencer—. ¿Qué pasaría?

El otro se había puesto repentinamente serio:

—No pasaría nada, uruguayo: desnudo y sin documentos, no creo que llegase ni a la esquina...

El más rápido se levantó airado:

—Ahora hace chistes... Me voy.

—¿Y qué quiere que haga?... Éste es un negocio frío.... —se disculpó el gordo, divertido pese a todo—. Y sin embargo usted se dará cuenta de que trato de ayudarlo, aunque le confieso que no me gustan los traductores. Sinceramente, me parecen tipos dobles, intermediarios sin sangre, traidores por naturaleza, alcahuetes de profesión, digo...

—Basta.

El gordo no hizo caso:

—¿Qué tipo de traductor es usted?

—Simultáneo.

—No me refiero a eso... Quiero decir qué tal es.

—Soy de los buenos, de los muy buenos, dicen... El más rápido del Oeste... —y ahora fue el mismo Spencer el que no pudo dejar de sonreír.

—Está loco —dijo el gordo.

Spencer asintió.

—No me interesa su dinero, que además no tiene —afirmó el gordo luego de un momento—. No quiero sacarle nada, Roselló. Pero cuénteme en qué anda metido, porque se ve que no lo ha hecho. Y yo no sé si le serviré de ayuda pero por lo menos tengo tiempo y ganas para escuchar.

—No entendería.

—Mejor. Son las historias más interesantes, las que siempre recordamos después.

El más rápido se deslizó del borde al medio de su inodoro, bajó el centro de gravedad y se instaló un poco más cómodo. Después comenzó a explicarle por qué no podría contarle todo, todo lo que finalmente, casi sin darse cuenta, le contó.

11. POR EL TÍTULO

Casi sorprendido por su propia elocuencia, Spencer Roselló habló largamente ante aquel desconocido. Le contó lo que pasaba ahora y lo que había pasado antes, con la impunidad y el desapego que permiten los interlocutores extraños y desinteresados. Habló de cuestiones que ni siquiera había podido compartir con la Joya: las dudas responsables del insomnio, las intuiciones disparatadas de alguien demasiado acostumbrado a buscar entre palabras otra cosa que significara lo mismo pero que no lo fuera.

Mientras hablaba temió que el gordo se burlase, pidiera irónicas explicaciones. Pero no lo hizo. Escuchó la totalidad del relato y las fantasías de Spencer con una atención distante y sin comentarios. Apenas si le pidió algunas precisiones técnicas para que le explicara en qué consistía la retraducción al inglés y se detuvo, interesado, en las diferencias entre los gallegos: las discusiones por dinero, la locuacidad de Rafael, la agresiva desconfianza de Ramón.

Cuando el más rápido concluyó, el gordo dijo que su historia le resultaba increíble y apasionante, y que le extrañaba no haberlos visto antes a él y a la Joya por las Ramblas, un lugar que solía frecuentar.

—Pero hay algo que no está claro, uruguayo —dijo finalmente, distendido en su curioso asiento de pensar—: ¿Qué es lo que busca, realmente? ¿Para qué quiere encontrar a ese boina verde, el Comandante Frank: para hacer su propio negocio, para darse el gusto de descubrir un misterio, para dársela a los gallegos?...

Spencer sintió que ese gordo sanitario era capaz de entenderlo todo, o al menos de escucharlo. Paciente y lejano como el custodio de un oráculo al que se acude en la tribulación y la duda; por un momento sospechó en él la sabiduría: suele sucederles a quienes se mueven o hablan demasiado ante alguien estático y meramente silencioso.

—Eso no es fácil de contestar —dijo dispuesto a intentarlo—: a veces lo que uno quiere no está claro al principio, y sólo cuando aparece nos damos cuenta de que lo estábamos buscando...

—Dígame, a ver...

Spencer se dispuso a soltar las últimas amarras, mostrar las cartas finales. Sacó un papel doblado en cuatro del bolsillo trasero del pantalón y lo desplegó sobre el escritorio.

—Hice una lista de todos los volúmenes publicados de la colección *Vietman* y le he agregado algunas anotaciones. Fíjese.

Hizo girar la hoja para que el otro la leyera. Era una doble columna de títulos escrita a máquina, muchos de ellos tenían notas laterales hechas con lápiz.

Por unos momentos el papel quedó entre ambos: uno que miraba y otro que miraba mirar.

—¿Se entiende la letra?

—¿La suya?

—Claro. No va a ser la de la máquina.

El gordo asintió con un gruñido ante la respuesta casi airada.

—La grafología está en pañales —dijo enigmáticamente.

Pasó un largo minuto. Demasiado para Spencer. Estiró un dedo y lo apoyó sobre el papel.

1 Nada de víboras ?
2 Dos tristes trópicos
3 Los boludos y los muertos Mailer
4 La luna tampoco asoma Hemingway
5 El gran Garry Scott Fitzgerald
6 El invierno tan temido Onetti
7 1280 armas
8 Ilusos ?
9 Corre, carajo
10 El breve adiós Chandler
11 El tambor de hierro
12 La ciudad y los fierros V. Llosa
13 Los mensajeros falsos
14 Viaje al fin de la lucha
15 El hombre gordo Hammett
16 La muerte en el arma Sartre
17 La pasta Camus
18 Fricciones Borges

19 Turbia es la noche S. Fitzg.
20 La montaña trágica Mann
21 Uñas de ira Steinbeck
22 Al otro lado del mar, entre la selva Heming.
23 El hombre del puño de oro
24 Desgracias por el fuego Benedetti
25 La garra y el pez
26 Los Tres Guerrilleros } Dumas
27 Veinte siglos después }
28 El triste Shandy
29 La mirilla china
30 El miedo es ancho y ajeno C. Alegría
31 Verde y negro Stendhal
32 Acaso no pinchan a los cobayos? McCoy
33 El tigre de la malaria Salgari
34 Asilados con un solo billete ?
35 El cazador inculto Salinger
36 Sobre odios y tumbas Sabato

—Aquí hay mucha literatura... No hay ninguna espontaneidad en estos títulos —dijo Spencer—. No he podido leerlos todos ni mucho menos, pero en principio se nota algo que no sé si será tan evidente para usted pero...

—Sé a qué se refiere —dijo el gordo mirando atentamente la lista—. He leído algo. En la habitación de al lado hay dos bibliotecas repletas hasta el techo, uruguayo: el agua comenzó a correr tarde para mí...

Spencer sonrió y deslizó el dedo por el papel:

—Todos los títulos son alusiones a otras obras, a otros libros... Algunos no alcanzo a descubrirlos...

El gordo se sumó espontáneamente:

—*La garra y el pez* puede ser por *La guerra y la paz*, de Tolstoi. Y la alusión del número 13 es *Los monederos falsos*, de Gide, y el 14 es seguramente Céline...

Apartó el papel y levantó la mirada hacia Spencer, que estaba tenso, de pie y volcado sobre la mesa.

—No sé qué quiere demostrar...

—Yo tampoco —dijo rápidamente el más rápido—. Pero aquí hay cosas increíbles, empezando por el autor: es un seudónimo transparente que supongo todo el mundo habrá reconocido. Fíjese que hay dos formas que se alternan, dos maneras de firmar, digamos: *Frank Kophram Co.*, es decir, leído fonéticamente: "Franco-Franco": y *Francis Kophram Co.*, que es exactamente "Francisco Franco"...

Spencer buscó en el rostro del gordo algún gesto de aprobación intelectual sin resultado.

—Parece un homenaje, una forma de adhesión provocativa... —dijo.

—Y qué otra cosa puede esperarse de una basura fascista como ésta...

—No lo sé... Pero no creo que todo sea tan simple: entre el seudónimo y las alusiones de los títulos se ve que hay una ironía, en el momento de la traducción del texto inglés al castellano, que debe tener algún significado.

—En eso pensaba cuando intentó buscarla a Betty...

—Algo de eso: no sólo la idea de conectar con quienes podían tener los auténticos originales y escupirles el negocio a los gallegos sino investigar sobre los mecanismos de estas traducciones.

Con un suspiro, Spencer se dejó caer sentado nuevamente.

—Cuando trabajé durante un tiempo en el servicio exterior uruguayo me interesé por la criptografía... —dijo sin transición—. ¿Ha leído a Rodolfo Walsh?

El gordo vaciló como si buscara en la memoria. Al final asintió gravemente y dijo:

—¿Usted lo conoció, Roselló?

—Un poco. Precisamente con él aprendí algo de criptografía en La Habana en los años sesenta y de ahí me ha quedado el reflejo, la tendencia a buscar claves en cualquier mensaje.

—Ya veo... —dijo el gordo con una sonrisa—. Usted busca claves: hay que averiguar qué buscan los otros.

—¿Qué otros?

—Los del Zurich, los que los atacaron: ésos no creo que lean...

—Ésos van y hacen.

Hubo una pausa larga.

—No debió dejarla sola, hoy —dijo el gordo.

—Nadie sabe dónde vivimos.

—No es seguro. Esa gente, quienquiera que sea, se presentó a una cita que ustedes suponían secreta.

Spencer agitó la cabeza con liviana convicción:

—Está claro que Betty los mandó; está del lado de ellos.

—No.

El gordo lo miraba ahora por encima de los angostos anteojos con una repentina autoridad:

—Eso no tiene mucho sentido, uruguayo. Es mejor pensar que ellos, como usted dice, a quien buscaban era a Betty... Como no la conocían, la han confundido con la Joya. Es lo más lógico, porque mientras usted estaba solo no sucedió nada pero en cuanto llegó una mujer, la atacaron. Y la mujer que debía llegar era Betty...

Spencer asintió.

—Dos conclusiones —enumeró el gordo con los dedos—: una, que es seguro que esa gente trabaja por cuenta de otro, porque no conocían a la persona que debían secuestrar; otra, que como han fracasado, volverán.

—Es probable que sea así —admitió Spencer—. Sin embargo... No se me ocurre cómo pudo enterarse alguien más de la cita si no fue a través de Betty o de quien estaba con ella...

—Otras dos alternativas —y el gordo cambió de mano y de dedos—. Una, se enteraron porque usted habló; otra, se enteraron porque habló la Joya...

Spencer lo miró un momento en silencio, sacando conclusiones de esa lógica de hierro. Su rostro comenzó a transfigurarse. Cuando se puso de pie estaba lleno de miedo.

—Me voy ya —dijo—. Espero que no sea demasiado tarde. Gracias por todo.

—Lo acompaño, Roselló.

Había atardecido y el gordo encendió una lámpara que se multiplicó pobremente en diez espejos y centenares de azulejos. Mientras caminaban hacia la salida, Spencer sintió que el local parecía una iglesia, con los sucesivos altares laterales y el mayor al fondo.

—Llámeme si está en otro apuro —dijo el gordo apoyado cansinamente en la puerta—. Tome mi tarjeta.

MINGO ARROYO. Aguas corrientes/Aguas servidas. Conductas generales del agua, decía en letras cursivas azules. Después, la dirección y el teléfono.

—Mingo... Por Domingo, seguramente —dijo Spencer al estrecharle la mano, que no era fácil.

—No. Es una abreviatura de "mingitorio" —dijo el gordo imperturbable—. Sólo un apodo, una chanza de amigos.

—No es cierto.

El gordo enarcó las cejas, pidió un poco de fe.

Spencer agitó la cabeza, incrédulo y emocionado. Estuvo a punto de echarse a reír cuando el llanto era el camino más corto.

—Adiós —dijo. Y salió a la creciente oscuridad.

Cuando Spencer dobló en la esquina, Mingo Arroyo bajó las persianas, cerró la puerta y volvió al escritorio. Bajo la luz amarillenta de la lámpara, que parecía manchar los papeles en lugar de iluminarlos, había quedado el ejemplar de *Vietman*. Primero lo arrojó casi instintivamente contra la repisa pero luego lo recogió y comenzó a examinarlo con cuidado.

Lo hojeó como reconociéndolo. La historia transcurría en Angola, entre guerrilleros, mercenarios sudafricanos, voluntarios cubanos y el implacable *Vietman*, en este caso disfrazado de director de una de las escuderías que iban a disputar el gran premio de Sudáfrica de Fórmula 1, en Johannesburgo.

El gordo subrayó algunos nombres y referencias que escribió después en un papel; miró la fecha del *copyright*, el pie de imprenta y volvió a la lectura. Estaba más allá de la mitad del relato cuando sonó el teléfono.

Era Spencer.

—Qué pasa, uruguayo.

—Ella no está, se la llevaron. Revolvieron todo y se la llevaron.

—Lo siento.

Hubo un sollozo del otro lado de la línea:

—¿Qué hago?

—Véngase —dijo el gordo sin dudar, mirando la portada de *Vietman*, la selva africana de *El invierno tan temido*—. Pero no ahora. Dé unas vueltas primero, cuídese de que nadie lo siga y no tome el metro. Vaya a Plaza Catalunya, métase en El Corte Inglés y piérdase allí. Al salir, tome el bus 28, que lo traerá hasta acá. Yo no estaré, pero le dejaré la puerta lateral sin llave y algo para que no se sienta tan solo y más protegido... Entre, cierre y acomódese. Nos vemos mañana... ¿Me entendió?

—Creo que sí.

—Hasta mañana.

El gordo cortó la comunicación e inmediatamente volvió a tomar el teléfono. Marcó siete números. Atendieron al primer llamado.

—Diga —dijo una mujer del otro lado.

—Todo bien. Viene para acá —dijo el gordo y colgó.

12. Pájaro en mano

El Topo esperó hasta más allá de las once para aceptar que ese flaco domingo Spencer y la Joya no vendrían por las Ramblas. Ya el fin de semana anterior lo habían ocupado en la tarea imbécil de rastrear el fantasma de un general yanqui retirado en los alrededores de Sitges, y desde entonces apenas si había tenido noticias de ellos, evasivos y calientes como estaban con su nuevo trabajo. En realidad hacía ya tres días que no la visitaban y el recuerdo de la angustiosa llamada de la Joya el sábado por la tarde, mientras esperaba el regreso de Spencer, la había llenado de inquietud.

Lo peor era el extrañísimo episodio del Zurich, que su prima le había contado entre hipos de llanto y miedo, aunque le pidiera silencio y cautelosa reserva. Sin embargo, no sería fácil mantener el secreto. Algunos amigos estaban allí en el momento del revuelo y los disparos, y confirmaban lo que El Topo no parecía dispuesta a admitir.

—Eran ellos. Dice mi papá que eran ellos, Alicia... —le confirmó esa mañana Luisa, la hija de otro puestero, que la ayudaba con las jaulas y en la vida en general.

—Me extrañaría mucho que fuera así... La gente ve

mal, ve lo que quiere —dijo El Topo, coherente y sin ruborizarse—. Cuando venga mi prima sabremos la verdad; se lo preguntaremos directamente a ella... Es temprano aún. ¿Cómo vamos con el negocio?

—Regular. Han venido a recoger la pareja de periquitos que habían encargado. Y nada más por ahora.

Esa mañana lluviosa y sucia los pájaros se movían inquietos en las jaulas cubiertas de nailon chorreante. Niños extranjeros o tontos preguntaban por el plumaje, los nombres, las cualidades habladoras de aves que no parecían dispuestas a pronunciar palabra alguna en invierno, en Europa y bajo presión de apelativos anglosajones.

—Demasiados turistas —decía Luisa.

—Son los que se interesan por estos colorinches y pueden pagarlos, niña. Hazlos gritar un poco, por favor.

La chica hostigó con un palito al guacamayo de Recife para que se hiciera oír: el pajarraco chilló y hubo un repentino revuelo de plumas.

De pronto, entre los ruidos discordantes, El Topo sintió la cercanía, las voces de dos hombres que hablaban un inglés casi dibujado, sembrado con algunas palabras en castellano. Estaban frente a las jaulas, frente a ella ahora:

—*I want to see that bird* —dijo una voz todavía joven.

—Indíquele cuál es a la niña —dijo El Topo, inmóvil.

—Disculpe... —dijo el hombre sin disculparse, espontáneamente en castellano—. No me di cuenta de que...

—No importa —dijo El Topo y se estremeció.

Conocía esa voz.

Hubo un silencio largo que se llenó con el rumor de las alas y el forcejeo desesperado de los pájaros mientras Luisa bajaba la jaula de la última fila para ponerla al alcance del cliente y su amigo. Se consultaron en inglés.

—¿Cuánto cuesta este chiripepe de la yunga? —dijo la otra voz, de improviso.

—Es raro que la gente de aquí sepa el nombre de estas aves —dijo El Topo.

—Sabemos eso y mucho más, señora —dijo el otro—. Este pajarraco, el loro tucumano, no tiene alas muy fuertes.

—Sí que son fuertes —recordó El Topo.

—No tan fuertes como para traerlo hasta aquí... —dijo la voz que no quería oír—. ¿O acaso no llegaron volando?

—Por Iberia —dijo el otro.

Hubo risas en inglés y en castellano.

—No creo que hayan podido viajar: estos pájaros no tienen los papeles en regla...

Y superpusieron sus risas al gorgoteo que sumaban los pájaros y la lluvia nueva que volvía.

—¿Lo va a llevar? —dijo El Topo sin que le temblara la voz.

—Lo llevo —dijo el cliente que ella temía—. *How much?*

—¿Va a pagar en pesetas o en dólares?

—En dólares.

El Topo calculó un precio y lo multiplicó en el aire por tres. El hombre lo aceptó sin chistar.

—¿Quiere que le cambie la jaula, señor? —propuso Luisa.

—No es necesario.

El Topo sintió que a su lado se cerraba la transacción y tuvo necesidad de que el trámite se agilizara.

—Ya es mío, ¿no? —dijo el cliente.

Alguien asintió. Hubo un entrechocar de alas, chillidos al aire y la exclamación colectiva alrededor.

—Lo ha soltado... —dijo o se quejó Luisa.

Los turistas parlotearon indiferentes entre sí y de pronto la voz conocida se acercó a El Topo, la sacó del rumor y de lo que ella esperaba escuchar:

—Ustedes están siempre en esta esquina... ¿No saben

adónde han ido los traductores rápidos, la pareja que trabajaba aquí?

—No han venido.

—Lo sé. Y no le pregunté eso, señora... —puntualizó el cliente—. ¿Tiene alguna idea de dónde pueden estar?

El Topo meneó la cabeza. Por un interminable momento sólo se oyó el toqueteo de la lluvia sobre todas las cosas.

—Oye, niña... ¿Cuánto vale este otro? —dijo la voz.

—¿Va a soltarlo? —dijo Luisa.

Se produjo una pausa breve, suficiente para introducir una fina hoja de metal.

—A ti eso no tiene que importarte —dijo el hombre lentamente, como si las palabras gotearan también—. Yo los suelto cuando quiero. Y cuando no quiero, no.

—¿Cuál es? —se cruzó El Topo.

Había estado escuchando como si caminara descalza hacia atrás entre las palabras, reconociéndolas con los talones, que es como hacen los ciegos para recordar una voz.

—El cabecita negra —dijo Luisa.

—Doscientos dólares —sentenció El Topo.

Mientras la jaulita cambiaba de mano y la mano se metía otra vez en la jaulita, la voz se acercó a El Topo una vez más:

—Recuerde, señora... Los traductores, una pareja sudamericana como usted...

—Si pudiera, si supiera cómo... —la voz se le quebraba—. Será un gusto ayudarle, señor. Vuelva esta tarde. Clientes como usted, señor...

—Si usted recuerda o averigua adónde han ido, yo podré olvidar que estos pájaros no pueden haber venido volando solos desde tan lejos.

—Recordaré... Bah, estoy recordando ya.

—*What do you say?*

—*Nothing* —escupió El Topo y apretó los dólares en el fondo del bolsillo.

Las voces se alejaron.

—¿Qué pasó? —dijo El Topo.

—Se han ido.

—¿Lo han soltado?

Luisa tardó en contestar. Acaso se había alejado un poco del lugar para verlos mejor.

—No veo bien. Creo que el rubio lo lleva aún en el puño, no lo ha soltado.

—Olvídalo —El Topo buscó a tientas una silla que encontró—... ¿Cómo eran ésos? Había uno rubio, me dices...

—Ése es alto y guapo... El otro es más bajo y moreno... —comenzó la descripción de Luisa.

Los dos hombres siguieron caminando en silencio, Ramblas abajo.

—¿Qué harás con eso? —dijo el moreno.

—*What do you say?* —se encrespó el otro—. *Speak in English, please...*

—*Okey, okey...* —replicó el otro, burlón.

El rubio sacó el puño cerrado del bolsillo del abrigo, se acercó a un cesto de papeles pegado al muro y dejó caer el pájaro muerto.

Llegaron a la Plaza del Teatro, cruzaron hacia la izquierda y entraron en el motel. Atravesaron lentamente el hall y pidieron las llaves de los apartamentos 23 y 24.

—*Mister Hood?* —dijo el conserje al reconocerlo.

A mitad de camino hacia el ascensor, el hombre rubio se volvió sin apuro:

—*Yes...*

—*Mister Hood, there's a message for you...* —y le alcanzó un sobre.

Mister Hood lo introdujo en su bolsillo sin mirarlo.

—*Thanks* —murmuró entre dientes, y la puerta del ascensor se cerró ante su rostro imperturbable.

Sólo cuando los dos hombres descendieron en la segunda planta el rubio rasgó el sobre. Dentro había un recorte de periódico. Era de la sección de policiales de *La Vanguardia* de esa mañana. Mister Hood miró la fotografía, leyó unos párrafos. Después atendió a la nota manuscrita que la acompañaba.

—¿Qué es? —dijo el otro, asomado a su hombro.

—Una nota de los muchachos. Parece que la encontraron.

Y por segunda vez en la mañana de domingo, cerró su puño para estrujar algo que había condenado a morir.

13. Forma de olvido

Spencer se despertó dolorido. Miró su reloj y eran las dos de la tarde. El amplio cuarto donde había encontrado el colchón, las mantas y el resto de las cosas preparadas por el gordo parecía o era un depósito de material sanitario. La cabecera del lecho improvisado se apoyaba en una pila de inodoros estibados; columnas de bidets superpuestos ocupaban toda la pared opuesta. Una claridad pasada por agua inundaba la ventana lateral y se reflejaba en una fila de botiquines de espejo barato que se apiñaban en otro rincón y multiplicaban su propia imagen sentado, vestido, más perplejo que despierto.

Permaneció unos momentos reconociendo el lugar. Después se asomó a la ventana para ver la lluvia, dio una vuelta por la cocina y el salón de ventas y terminó en el pequeño despacho atestado de bibliotecas, un lugar que no resultaba natural o esperable en un experto en conductas del agua, como se definía el sorprendente gordo Arroyo.

Sobre el escritorio reconoció la papelería de Waterway, facturas, libros contables, un archivo comercial desordenado. El resto eran libros que saturaban los estantes y cuanto lugar podría haber quedado libre. Entresacó algunos:

química orgánica, física cuántica, un tratado de potabilización natural del agua editado en Milán. Un poco más arriba, en los anaqueles superiores, la temática cambiaba. Reconoció por el lomo una hilera de libros de editoriales sudamericanas. Se empinó para alcanzar algunos tomos viejos y muy leídos. Los hojeó sorprendido. Leía con atención una larga dedicatoria manuscrita en la primera página de un volumen de relatos de Cortázar cuando el ruido del cerrojo de la puerta de calle lo sobresaltó.

Volvió corriendo a la habitación y se arrojó sobre la cama.

Cuando Mingo Arroyo entró en el cuarto se encontró con una Ballester Molina calibre 45 que le apuntaba al pecho. Spencer la empuñaba con las dos manos, asustado pero seguro.

—Buen día, compañero —dijo el gordo sin turbarse.

—Ah... es usted —dijo el más rápido con un suspiro.

El gordo venía cargado de bolsas y bultos. Ocupaba todo el hueco de la puerta.

—Veo que la encontró enseguida —dijo señalando el arma—. Pensé que le daría seguridad, pero no trate de usarla. Está cargada, pero hay algo roto en el mecanismo del gatillo y aquí no hay repuestos para estos viejos chiches nuestros... Démela ahora. Después, si quiere, le prestaré algo más discreto.

—Gracias —dijo Spencer entregándole el arma—. ¿Qué trae ahí?

Arroyo dejó una gran bolsa de plástico en el suelo y se quitó con un revuelo de gotas un impermeable azul que bien habría podido servir para cubrir un camión mediano.

—El periódico, que está muy interesante... *croissants* y unos libros —enumeró mientras vaciaba la bolsa—. Los domingos suelo ir a la Feria de San Antonio, un lugar de compra y venta de libros y revistas usados. Fíjese lo que conseguí.

Puso un voluminoso paquete cúbico sobre la cama y rasgó un ángulo del papel ordinario que lo envolvía. Era una colección completa, en bastante buen estado, de la serie *Vietman.*

—Están todos, los treinta y seis. Y los compré baratos.

Se los colocó bajo el brazo y salió del cuarto.

—¿Durmió bien, uruguayo? —preguntó desde la cocina.

—Sí. Debo estar loco, porque en medio de la situación terrible en la que estoy, dormí bien... —dijo Spencer, y se sentía sincero.

—Ajá... Estar loco es un lujo.

Spencer no lo oyó o no supo que había oído. Tomó el ejemplar de *El invierno tan temido* y la lista de los títulos de la colección que el gordo le había dejado sobre la almohada la noche anterior, junto a la pistola:

—He visto que sigue interesado en el tema *Vietman.* Anoche completó la lista de alusiones y ahora me trae la colección completa...

—Así es, Roselló —dijo el gordo en voz alta y entusiasta, con fondo de ruido de tazas y pocillos—. Cada vez me interesa más ese asunto... Pero ahora venga, que mientras usted dormía el mundo siguió andando.

Spencer fue al baño y regresó apenas menos dormido pero mucho más preocupado. Era como si recién recordara:

—Se llevaron a la Joya —dijo.

—¿Piensa que la teoría que desarrollamos ayer está equivocada? —dijo el gordo mientras le ponía un *croissant* frente a la nariz.

Spencer asintió.

—No buscaban a Betty; la buscaban a la Joya, es evidente —dijo.

Mingo Arroyo ni siquiera levantó la mirada de los pocillos que llenaba para descalificarlo:

—No diga pavadas. Andan a ciegas... Como no tienen otra manera de llegar hasta Betty, insisten. Pero ya se comunicarán con usted...

—No entiendo nada —Spencer masticaba con desgano, miraba al gordo de soslayo, aprovechaba los instantes en que el sanitario comía, abstraído—. Y usted está muy seguro.

—Sí, estoy seguro. Y ahora aliméntese un poco y después mire el periódico, que está particularmente interesante.

El gordo puso *La Vanguardia* ante la mirada de Spencer. La noticia ocupaba el cuarto inferior de la página de sucesos: *Cadáver de una mujer hallado en el Barrio Gótico* era el título. La fotografía mostraba lo que podía mostrarse sin vomitar de Flora Remesar, soltera, de sesenta y tres años según el epígrafe.

—¿No es la mujer que trabajaba en la editorial, a la que le dieron las vacaciones anticipadas? —insinuó Arroyo.

Spencer repasaba los cuatro párrafos de la noticia y asentía con incredulidad, reconocía los datos, las coincidencias indudables entre la vieja Flora y esa "empleada administrativa en uso de licencia", la mujer asesinada una noche de lluvia.

—Pobre vieja... —murmuró sin poder apartar la mirada del periódico—. Le han destrozado la cara a golpes.

—Mi tío Josep Destandau decía que el agua lo lava todo, hasta las heridas —dijo el gordo—. Se lleva la sangre y es una forma del olvido para la carne, el equivalente del sueño para la mente. Cuando se lava un cadáver, por ejemplo, decía mi tío que...

Spencer lo interrumpió con una violenta arcada. Salió doblado hacia el baño y no regresó hasta un rato largo después.

—Voy a ir a la policía— dijo.

Estaba parado en el hueco de la puerta pero tenía la expresión de quien va a tirarse por la ventana.

—Haga lo que quiera —dijo el gordo—. Pero creo que no le conviene.

—¿Y si la Joya aparece así, como Flora?

Arroyo agitó la cabeza como para deshacerse de un mal pensamiento:

—No. Y cuídese de ir a la policía: está ilegal en España, tiene papeles falsos y ya le cayó un muerto muy cerca. Usted no puede demostrar quién es ni de dónde viene, Roselló...

—No soy el único —dijo Spencer en voz baja.

Mingo Arroyo no hizo caso. Se acomodó en su inodoro de pensar y estiró las piernas bajo la mesa; barrió las migas de *croissant* con el brazo, dejó un espacio libre y limpio y colocó el teléfono ante el conmovido Spencer:

—Hable y déjese de joder —dijo con brusquedad—. A la policía, a su casa, porque tal vez la Joya ha vuelto, a donde quiera...

Spencer llamó a su casa. Dejó que el teléfono sonara largamente. Colgó.

—No hay nadie —dijo—. Llamaré a la policía.

El gordo lo miró en silencio un momento y después le dio el número sin hacer un solo comentario.

Spencer llamó y atendieron al instante. Se quedó callado. Cuando insistieron del otro lado apartó el auricular y finalmente colgó.

—Bien —dijo el gordo—. Está claro que no puede hacer nada por ella, al menos por ahora. Mientras espera, aprovechemos para pensar un poco en todo esto.

Arroyo dispersó la pila de treinta y seis libritos sobre el escritorio.

—¿Qué piensa o supone que pasa con esta basura que le han dado a retraducir?

—Tengo algunas ideas... —dijo Spencer resignado—. Si me presta un bolígrafo y la lista completa de los títulos, le explico.

Durante la siguiente media hora, el gordo sentiría y Spencer sería horriblemente consciente de que lo que hacían era absurdo: algo así como entretenerse jugando a la batalla naval a bordo del "Saratoga" durante el ataque de Pearl Harbor.

14. Ciertos sentidos

El uruguayo multilingüe, el que había estudiado criptografía en La Habana y había aprendido a ventear la oportunidad o la desgracia bajo todos los cielos, Spencer Roselló, el traductor más rápido del Oeste, tenía una teoría; apenas una teoría de papel.

Ante un gordo atento y permeable, después de repasar sus primeras intuiciones y sumar las notas marginales que el mismo Arroyo había aportado en su lectura de *El invierno tan temido*, Spencer explicó cómo había olido desde el principio el misterio bajo los dedos rápidos de la Joya y en las entrelíneas de la propuesta de los gallegos.

Excitado por el miedo y la euforia reveladora expuso entre vacilaciones una hipótesis loca, algo tan insólito y disparatado como la propia violencia, esa bestia que alguien había echado de pronto a la calle. Spencer creía firmemente que la serie *Vietman*, por su oscuro origen, por su escurridizo autor, por las raras circunstancias de su desaparición, era mucho más que una colección de aventuras bélicas: era una tapadera. En esos relatos se escondía otro tipo de mensajes.

—Aquí hay ciertos sentidos cifrados... —y golpeó enfáticamente los libritos con el índice—, información en clave, Arroyo.

—¿Pero a quién se le va a ocurrir la idea de utilizar un medio así para pasar mensajes cifrados? —exclamó el gordo asombrado—. ¿De quién a quién? ¿Se está imaginando una internacional del delito, la mafia de la droga? ¿Qué espera encontrar?

—No lo sé —dijo Spencer seriamente—. Pero me inclinaría por la política... Bah, por la represión política, en realidad: *Vietman* es un héroe de la guerra sucia, un combatiente de la contrainsurgencia que se mueve habitualmente en el Tercer Mundo...

Arroyo lanzó una carcajada:

—Es un ingenuo, uruguayo... Lo que dice es muy poco sutil: descubrir que la ideología de esta basura es de ultraderecha es como denunciar rasgos de antisemitismo en los discursos de Goebbels o sospechar que Lenin plantea la violencia revolucionaria... —ironizó el gordo—. No me venga con esas pavadas...

—No me entiende, Arroyo: creo que el argumento de las novelas no tiene nada que ver con el mensaje real, que está escondido allí como en una selva de palabras...

—Eso no estaría mal —concedió el gordo—. Pero dígame en qué se basa.

—Después le explicaré cuáles son los indicios que me aseguran que los mensajes existen: la repetición, la coincidencia, cierta regularidad en las alusiones... —y Spencer se entusiasmaba al enumerar—. Cualquier buen lector de Poe como usted o un discípulo mediocre de Walsh como soy yo sentimos inmediatamente que hay algo ahí abajo. Sólo es cuestión de tiempo y paciencia hasta encontrar el código... Pero lo que quiero que entienda es la funcionalidad del sistema, lo ingenioso y simple del recurso.

El más rápido explicó que la utilización de un medio

masivo y tan evidente, fácil de adquirir y que circulase sin necesidad de camuflaje u ocultamiento, era el sistema óptimo para este tipo de fines. La exportación masiva a Latinoamérica, ya que los libritos se distribuían regularmente cada quince días en los quioscos de un montón de países, hacía bastante creíble la existencia de un circuito de comunicación confiable y secreto.

—Es posible, incluso es probable, por lo que usted dice... —admitió el gordo—. Pero no es necesario, y eso es fundamental: la represión tiene sus propios medios, dispone de los aparatos del Estado, de organismos internacionales. Para qué va a usar un sistema tan... —buscó la palabra y pareció encontrarla en el retrato de Josep Destandau— tan informal, digamos.

—Estoy pensando en una red paramilitar, Arroyo —puntualizó Spencer—. Un sistema de represión ilegal al margen de los medios oficiales. Y sabemos que eso existe.

—Si es por imaginar, siga... Pero hay otra cuestión: una comunicación secreta de este tipo es totalmente absurda. Son cuestiones de tiempo, de espacio, de receptores... Tienen que ser muchas personas en muchos lugares y muchas veces para que el sistema se justifique.

—No es necesario: ¿por qué suponer que todos estos relatos incluyen mensajes en clave? —dijo Spencer mientras apoyaba las manos extendidas sobre la desordenada montaña de libros.

—No supongo nada, pero...

—Usted y yo no hemos leído todas las novelas, Arroyo: pero sí hemos leído ésta, por ejemplo —y el más rápido tomó con dos dedos *El invierno tan temido* y la levantó en el aire, la mantuvo suspendida entre los dos—. Y coincidimos, lo sé por sus anotaciones al margen, en encontrar referencias curiosas... Es decir que en ésta sí que hay algo, aunque no en todas. Debemos aceptar eso.

Arroyo asintió y Spencer se bebió, en la pausa, todo su café de un solo trago.

—Parto de la hipótesis de que la colección de aventuras existe como tal, sin más... Pero que en algunos casos muy puntuales sirve para comunicar ciertos contenidos cifrados.

—Concrete, uruguayo —dijo el gordo impaciente, y le puso la lista de títulos bajo la nariz.

Spencer había agregado una serie de fechas correlativas junto a las alusiones de cada volumen.

—Empecemos por lo más evidente: los títulos mismos y la fecha de publicación. Si verificamos el *copyright* y el colofón de cada librito sabemos que desde mayo de 1978 hasta agosto de 1979 aparecieron, sistemáticamente, dos títulos por mes. Hay que tener en cuenta que estas novelitas no se venden en librerías sino que van a los quioscos, tienen la regularidad de las revistas.

—Y qué pasa con los títulos...

—En principio me parecieron todos igualmente ingeniosos, basados en juegos de palabras tomados de otras novelas famosas que usted mismo ha ido completando. De entre todos, algunos me llamaron la atención. Lógicamente, primero los que evocaban relatos uruguayos... —Spencer señaló la lista y redondeó con lápiz el 6 y el 24—. Un título de Onetti, *El infierno tan temido*, con una palabra cambiada; y uno de Benedetti, *Gracias por el fuego* con otra inversión de sentido. No había más uruguayos...

—Entonces...

—Busqué otros latinoamericanos y encontré *La ciudad y los fierros*, derivado de *La ciudad y los perros*, de Vargas Llosa, que es peruano, y casi al final, *El miedo es ancho y ajeno*, una deformación de *El mundo es ancho y ajeno*, de Ciro Alegría... Fíjese en los números.

El gordo siguió el recorrido del dedo y del lápiz que dibujaba las listas: 6, 12, 24, 30.

—Múltiplos de seis —dijo.

—Exactamente: busqué los que me faltaban para completar la serie y me dio el 18 y el 36, precisamente el último volumen. Y mire qué títulos tienen: *Fricciones*, una deformación evidente de *Ficciones*, de Borges; y el otro, el final, es *Sobre odios y tumbas*, variante de *Sobre héroes y tumbas*, novela de otro argentino, Ernesto Sabato.

El más rápido se interrumpió bruscamente. Esperaba el efecto de sus palabras. Si no hubiese estado tan cansado y agobiado por la angustia, su expresión habría sido triunfal.

—La cuenta es perfecta —resumió—. Tenemos a Uruguay, Perú y Argentina con un mensaje en clave alternado a cada país cada seis quincenas, es decir tres meses... Me he ocupado de las dos "novelas uruguayas" en particular. Los mensajes fueron emitidos y recogidos en fechas precisas: el 15 de mayo de 1978 para *El invierno tan temido*, que es una aventura angoleña, y el 15 de enero de 1979 para *Desgracias por el fuego*, que parte del incendio de una súper refinería en Libia. Sin embargo, pese a esta ambientación, hay referencias a acontecimientos, nombres invertidos, lugares camuflados... El trabajo es confrontar los mensajes con las circunstancias uruguayas de esas fechas y ver qué sentido tienen estos textos, si es que tienen alguno...

—Siempre tienen sentido, Roselló —dijo el gordo poniéndose de pie; dio algunas zancadas y se volvió—. El sentido es precisamente lo que no se puede evitar. Lo difícil es fijarlo, siempre relativo según el lugar y las perspectivas...

Spencer sintió que el gordo se relajaba, tomaba distancias respecto de su fervor:

—Yo no me refería a eso —dijo.

—¿Y a qué se refería mi tío cuando investigó durante años los sentidos del agua?

El más rápido dirigió una furtiva mirada al patriarca del retrato.

—El viejo Destandau decía que si bien el agua nunca se equivoca... —y aquí Arroyo levantó un dedo gordo y doctoral—, si bien horada las piedras, sube cuando debe y baja cuando corresponde, lava las heridas y la memoria de la carne... No obstante, decía Destandau, no siempre el agua hace lo mismo, no siempre se repite...

—Pero eso qué tiene que ver con...

—Él sabía... —lo interrumpió el gordo—. Él sabía, porque se sabe, uruguayo... que en el hemisferio norte el agua se mueve en sentido inverso que en el hemisferio sur; en condiciones de experimentación científica, claro. Fíjese: en Europa el agua acumulada en un lavabo, en una piscina o lo que fuere, cuando se escurre llevada por la gravedad, gira en este sentido...

Mingo Arroyo tomó la cucharita de su pocillo de café, la hizo girar en la dirección de las agujas del reloj y la fue levantando, haciendo círculos en el aire hasta que se detuvo.

—Pero en Buenos Aires, por ejemplo, no —dijo—. Allá el agua se escurre así...

Y ahora invirtió el movimiento, fue haciéndolo descendente hasta que introdujo nuevamente la cucharita en el pocillo, como si enroscara y desenroscara en el aire.

—Dicen que tiene que ver con los polos magnéticos. Pero a mi tío eso no le interesaba. Simplemente, el fenómeno le resultaba sintomático de algo; ya le dije que era un filósofo. Pero la cosa no termina ahí...

El gordo se movía ahora frente a Spencer como si actuara, gesticulando, subiendo y bajando la voz:

—Destandau se juntó con una pareja de franceses que habían inventado un sistema de cateo de napas de agua en Tánger... —dijo confidencial—: el ingeniero Luc de Cotte y la exploradora Isa Garibaldi. Los tres juntos anduvieron por medio mundo, y no exagero, con un fuentón de hojalata que cargaba cincuenta litros de líquido, haciendo la prueba... Experimentaron en las alturas, sobre el nivel del mar y por debajo, en diferentes latitudes hacia el norte y hacia el sur. Finalmente recorrieron durante seis meses más de la mitad de la extensión del ecuador, anotando las oscilaciones con el fuentón a cuestas. Al fin, con todos esos datos y después de tres años, Destandau redactó un informe gordo así, con casi quinientos mapas de todo el mundo y media página de conclusiones.

—¿Y?

—Se ha perdido.

—No me joda...

El gordo puso cara de asombro, pidió crédito a sus palabras:

—Es cierto: ese texto no existe, uruguayo... —y se sentó relajado en su inodoro, seguro o soberbio como el Papa hablando *ex catedra*—. Y le digo más: acaso jamás llegó a escribirlo... Eso es lo que creo, realmente. Es lógico que en algún momento o al final de semejante trajinar comprendiera que escribir eso no tenía sentido o que tal vez, como pasaba con el agua, la escritura también cambiaba de sentido para el norte o para el sur. Habrá pensado que en realidad sólo el agua explica al agua y el texto al texto, digo yo...

Y el gordo se calló bruscamente.

—¿A qué viene todo esto, Arroyo? —dijo Spencer.

—Supongo —dijo el gordo— que se debe a su afán de encontrarle o inventarle un sentido a todo lo que descubre.

Con un gesto desechó la insinuada protesta de Spencer:

—No crea que quiero confundirlo o quitarle importancia a lo que me dice, Roselló: sé que ahí está la sangre, que ahí están los tiros que han salido de las aventuras de *Vietman* y ya mataron a una vieja en Barcelona... Yo sólo quiero contarle un cuento, darle otra perspectiva: filosofía sanitaria, si quiere.

—No sé si sirve.

—El tema de servir, y más precisamente de los servicios, es muy largo... Y mi tío tenía mucho que decir al respecto.

—En otro momento.

—Cuando quiera —y el gordo suspiró, cambió de cara y de ritmo—. Voy a darle un dato que por lo menos lo sorprenderá. Consulté una guía editorial y hoy confronté la información entre los libreros especializados: la Warrior's no existe.

Spencer parpadeó, como una pantalla que registra un dato nuevo, suma y sigue:

—Alguien miente —dijo—: Mister Hood o los gallegos.

—O los dos.

El más rápido supo que la mentira era un vacío, un espacio que había que rellenar con algo que no lo fuera o cualquier otra cosa. Entrevió, además, que eso era el sentido: la necesidad de no dejar huecos.

—A los García no les creo por principio: son editores —y la sentencia del uruguayo era inapelable—. No sé cuánto sabrían sobre el contenido real de algunos episodios de *Vietman*, pero callaron siempre. Mientras ganaron mucho dinero no les importó qué o a quién publicaban. Pero ahora va a tener que importarles otra vez...

Mientras hablaba, Spencer había ido perfilando una leve sonrisa de revelación:

—Es increíble cómo encajan todos los datos, Arroyo... Como si fuera una rosca... —y parodió el gesto del sanitario con el dedo en el aire—. Una rosca y su tornillo.

—Lo escucho —dijo el gordo—. No será el primero que pretende explicar la realidad sin mover el culo de la silla.

15. Teoría sobre Ríos

—Apenas le he hablado de Ríos —dijo Spencer—. Por todo lo que he averiguado, el argentino que se ocupaba de coordinar la serie es el tipo clave. Arriesgué el pellejo para conseguir la información pero ya sé que llegó a España a fines de 1975, un momento de apogeo de los grupos paramilitares en la Argentina, meses antes del golpe de Videla, cuando empezaron a actuar sistemáticamente a nivel internacional como respuesta antisubversiva.

El gordo asintió con el mentón.

—Inmediatamente comenzó a trabajar para los gallegos e hizo de todo en la editorial —prosiguió Spencer—. Dos años después era editor de la colección bélica, *Bazooka*, sin que nadie supiera nada de su vida privada e incluso de su domicilio, pues se cambió por lo menos cuatro veces en ese período, según vi en la ficha del departamento de personal. Se manejaba con muchísima autonomía: trataba con los autores, corregía pruebas, controlaba la línea editorial, era la mano derecha de los gallegos en esa área...

—Dicen que los gallegos tienen dos manos derechas...

—¿Qué dice?

—Nada —se disculpó el gordo divertido—. Prosiga.

—Ríos llevó desde el principio la cuestión de *Vietman* y sólo él puede saber los detalles: recibió el primer texto del Comandante, lo recomendó, lo hizo traducir y manejó el contacto y los pagos de cada entrega hasta el final de la serie...

—¿Entonces?

—Era el responsable final. Todo texto pasaba por él antes de salir a la venta, Arroyo: sólo una mano argentina puede titular *Los boludos y los muertos* o *El tigre de la malaria...*

—Eso es cierto... —murmuró el gordo.

El sanitario tenía las manos juntas y entrelazadas sobre el estómago como un obispo que escucha pacientemente un novedoso comentario del Evangelio que sólo espera que termine, para refutar.

—No es casual que coincidan el fin de la colección con la desaparición del Comandante y la huida de Ríos con la plata en el '79... —explicó el más rápido—. De pronto, estos gallegos que jamás se habían preocupado por la serie mientras ganaron mucho dinero, se encontraron con que el hombre de confianza era un traidor y, sospecho, con algo más que no quisieron ver.

—¿Cómo cree que sucedieron las cosas?

—Tengo dos posibilidades, como diría usted; una es que el Comandante, Betty y Ríos trabajasen juntos desde siempre, como una célula de comunicaciones dentro de la estructura parapolicial. Supongamos que en un principio sólo existió la intención de publicar las memorias bélicas, exageradas, de ese casi superhéroe yanqui como una forma más de propaganda política anticomunista. Pero acaso por el éxito y la eficacia del texto vieron la posibilidad de manipularlo como vehículo de tareas más pragmáticas y siniestras... así, pasarían a trabajar como miniorganización sin despertar sospechas: ganaban dinero y simultáneamente montaban un eslabón en la infraestructura de comunicaciones de toda Latinoamérica...

El gordo sonrió. Sin decir una palabra encendió la lámpara del escritorio, la enfocó a la cercana pared y movió las manos ante la luz, fingió sombras chinescas:

—Esto es todo —dijo y apagó la luz—. Esto es todo lo que tiene, Roselló...

—No me cree.

—No es una cuestión de fe: mi tío decía que el agua opera tanto por presencia como por ausencia. Pero tiene formas muy concretas y diversas de no estar, como el Sahara; y formas de haber estado, como el Cañón del Colorado...

—Formas de haber estado...

—Marcas, huellas, rostros... Usted ni siquiera trabaja con agua, uruguayo. La suya es gente de hielo. O de vapor...

Las manos de Spencer saltaron por el aire:

—Eso es: se evaporaron. Algún problema de seguridad o el final del trabajo los hizo cortar la serie y dejaron todo de un día para otro. También existe la posibilidad de que los hayan denunciado o descubierto y en ese caso es imposible que los gallegos no se hayan enterado de qué estaba pasando ahí. Pero no se movieron: los muy hijos de puta aceptaron la desaparición del Comandante como una decisión incomprensible y la de Ríos como un simple robo de empleado, aunque eran más de cuatro millones de pesetas de entonces... Y no hicieron escándalo, no denunciaron nada a la policía ni corrieron seriamente tras el Comandante. Además, y es curioso si se conoce la "filosofía editorial" de los García, ni siquiera pensaron en seguir la serie con alguno de los muchos autores que tienen empleados, y tampoco intentaron reeditarla, aunque hubiera sido un gran negocio. Nada.

—Creo recordar que dijo tener otra hipótesis, uruguayo...

—Sí: suponer que los tres trabajaban juntos pero que sólo uno de ellos, Ríos, operaba para los servicios parapoliciales.

—Es todavía más complicado —dijo el gordo y amagó el gesto de volver a encender la lámpara.

Spencer lo retuvo:

—Piense que el Comandante es un veterano de Vietnam, un verdadero loco de la guerra, un megalómano alterado que anda siempre disfrazado de uniforme o, si quiere, un tipo muy vivo que finge todo eso para vender sus aventuras bajo seudónimo. No importa. Las lleva a la editorial y allí conoce a Ríos que simpatiza con él, descubre el filón económico y después la posibilidad de manipular el texto mediante la traducción y el titulado, a espaldas del autor...

Arroyo hizo un gesto de incredulidad.

—Parece raro —concedió Spencer— pero resulta más coherente con los hechos de todos estos días, como verá... Hágase a la idea de que Ríos ha estado haciendo su trabajo durante año y medio, tomándose todo el tiempo para montar la red sin despertar sospechas; tenga en cuenta que sólo uno de cada seis libros está "tocado"... Cuando ha terminado su trabajo con el último mensaje a la Argentina, o cuando siente su seguridad en peligro, arrebata el dinero y desaparece. El Comandante no entiende nada y debe huir también apresuradamente sin comprender qué ha pasado.

—¿Y por qué todo este estallido, años después?

—Esos grupos parapoliciales no se han disuelto, Arroyo... Acaso los disolvieron una vez, con el retorno de las democracias en Latinoamérica, pero con el resurgimiento generalizado de la derecha han vuelto a la actividad. Muchas de estas bandas andan otra vez sueltas por Europa:

uno por lo menos de los que operaron en el Zurich era argentino. Y Ríos es el que está detrás de esto.

Arroyo meneó la cabeza:

—Eso no me explica nada: ¿por qué la buscan a Betty, por ejemplo?

Spencer movió las manos como si dirigiese una orquesta invisible e indicara el rotundo acorde final de la sinfonía más larga y efectista de Tchaikovsky:

—Porque saben o sospechan que el Comandante ha vuelto.

—¿El Comandante Frank Kophram? —y el gordo se agarró del inodoro como si fuera a caerse—. ¿Dice que ese fascista ha regresado?

El más rápido asintió con una sonrisa y se levantó. Fue hasta la cocina, sirvió otros dos pocillos de café mientras el gordo hacía ruiditos con el bolígrafo contra la madera del escritorio...

Volvió y se sentó:

—Ahora se hace llamar Mister Hood —dijo.

16. Por teléfono

Spencer quedó en suspenso, esperando el efecto de sus palabras. El gordo apretó los labios mientras asentía, mucho más perplejo que convencido.

—Novelesco —dijo.

—No tanto: lógico... Ha venido a ajustar cuentas con el traidor que lo obligó a desaparecer en el '79 y que además se quedó con el dinero de los derechos... Pero no puede darse a conocer directamente, porque sabe que los demás son una banda. Entonces busca un pretexto que, incluso, puede no serlo: recuperar los originales de *Vietman*. Ofrece mucho dinero y apuesta a que la codicia de los gallegos los llevará a buscar el contacto con Ríos o con Betty, que es a quienes quiere localizar. Los García discuten la propuesta de Mister Hood y no se ponen de acuerdo: Ramón, que conoce todos los entretelones de la historia original y que sabe que no hay que destapar nada ni convocar a los fantasmas del pasado, cree que es mejor dejar pasar: tiene miedo. Rafael, en cambio, es más ambicioso y concibe la idea loca de aceptar la propuesta y, secretamente, inventar los originales que Ríos desechaba o rehacía: cumplir y cobrar... Lo importante es que la operación sea secreta. Pero alguien se entera de lo que pasa: Flora.

—Un momento, uruguayo: suponiendo que Hood es Kophram, ¿por qué nadie lo ha reconocido?

—Sólo lo vieron una vez hace cinco años y ahora debe haber cambiado mucho su aspecto intencionadamente...

—¿Y quién mató a Flora?

—No lo sé. Tal vez quiso comunicarse con Betty... Lo mismo quisimos hacer nosotros y nos atacaron los servicios argentinos. Yo creo que Ríos no se ha ido de Barcelona, que Kophram lo sabe y lo está buscando. De casualidad quedamos entre dos fuegos, la Joya y yo...

—¿Y ahora qué va a hacer?

—Probaré de hablar a casa otra vez.

Spencer se apoderó del aparato como si también fuera el más rápido con el teléfono; mientras lo hacía, el gordo lo miraba casi con admiración.

La campanilla sonó varias veces y el uruguayo la dejó sonar un poco más aún, contra toda esperanza. Ya iba a colgar cuando alguien levantó el auricular del otro lado. Sin embargo, nadie habló.

—¡Joya! —gritó Spencer.

Apenas roces, rumores.

—¡Joya! ¿Estás ahí? Soy yo, Spencer...

—No, no soy la Joya —dijo una voz que reconoció de inmediato—. Soy Alicia.

—¡Topo! ¿Qué haces ahí? ¿Joya está ahí contigo?

—No sé dónde está... Yo acabo de entrar con Luisa, que me acompañó. Pensamos que no había nadie porque encontramos todo abierto y revuelto... —hizo una pausa de la que salió con la voz más temblorosa—. ¿Qué hiciste, Spencer?

—No hice nada —aseguró el más rápido.

—Hay un tipo muerto acá.

—¿Qué?

—Un tipo muerto. Dice Luisa que tiene un agujero de bala en el pecho...

—¿Quién es? —insistió Spencer.

—¿Quién fue? —insistió El Topo.

—Yo no fui, Topo... ¿Quién es?

—¿Quién?

—El muerto, Topo, el muerto...

—Un momento... Voy a decirle a la chica que lo registre.

Se hizo un silencio de un minuto o más. Spencer tapó el auricular y miró al gordo que estaba allí, observándolo sin pestañear.

—Un cadáver en mi casa —explicó.

Arroyo asintió con naturalidad, ya curtido para novedades.

—Lo están registrando —concluyó Spencer.

En ese momento volvió El Topo al teléfono.

—Dice Luisa que es un hombre calvo de unos cincuenta años. Tiene un carnet de identidad a nombre de Ramón García Fariña —digo serena—. ¿Lo conoces?

—Sí.

El más rápido se sentó con un suspiro entrecortado. Inmediatamente comenzó a temblar. Hizo una seña con el pulgar hacia abajo al gordo.

—Es uno de los dueños de la editorial, Topo...

—Y justamente yo vine a avisarles que tuvieran cuidado, que andaba gente muy jodida buscándolos... —dijo El Topo.

—Ahora cállate —la interrumpió bruscamente Spencer—. No sabemos qué pasa con ese teléfono, así que no digas nada más, ningún nombre más... Métete en tu casa, te buscaremos allí.

—¿Cómo está ella?

—No sé dónde está...

Hubo un sollozo del otro lado:

—Deberías cuidarla mejor...

—La cuidaré.

—¿Cómo vas a cuidarla si no sabes dónde...

Spencer cortó la comunicación. Con la misma mano estrujó el primer papel que encontró sobre la mesa:

—Mataron al gallego Ramón en mi casa —dijo turbado—. Voy para allá.

—Está loco —sentenció el gordo.

—Fue Ríos —dijo Spencer y saltó del asiento—. Son ellos... Tengo que llevarme mis cosas, tengo que sacar el cadáver...

—Tiene que quedarse quieto.

La pata del oso reapareció para depositarse sobre su cabeza y hacerlo sentar otra vez. Lo retuvo allí con autoridad mientras razonaba:

—Sigue sin poder hacer nada, uruguayo. Ahora le creo cada vez más su historieta y estoy dispuesto a ayudarlo. Pero está muy confundido... Me parece que en toda esta jugada usted es el único que no sabe lo que quiere. A veces sólo piensa en salvarla a ella; otras, en escapar, pero tampoco quiere resignarse a no ganar un poco de dinero ni dejar sin castigo a esos hijos de puta... Tiene que pensar y no exponerse al pedo.

Como quien saca miel sin querer alborotar a las abejas, el gordo fue apartando lentamente la mano de encima de la cabeza del más rápido, que había quedado inmóvil y lo miraba sin verlo.

—Tengo ganas de mear —dijo Arroyo—. El cambio de aguas tiene correspondencias con los cambios de ánimo. Relájese.

Se levantó y lo dejó solo.

Tardó media hora en volver. Encontró a Spencer en la misma posición en que lo había dejado. Apenas si le echó una mirada furtiva cuando lo tuvo delante.

—He estado hojeando esto —dijo Arroyo con un dedo intercalado entre las páginas de *Sobre odios y tumbas*—. Y creo que tiene razón: aquí hay una descripción precisa, excesiva, de ciertas operaciones militares, movimientos de agentes, circunstancias y fechas con un detalle que la acción no justifica. Claro que la acción transcurre en Chipre, Berlín y Turquía, pero según su teoría eso sería lo de menos...

Spencer lo miraba con la misma expresión vacía, pero ahora con una extraña determinación:

—Usted... —balbuceó—; usted me está reteniendo acá.

El gordo miró su reloj y ni siquiera se tomó el trabajo de contestarle:

—Son las tres de la tarde, es domingo y no tiene adónde ir. Haga lo que quiera. Pero yo, en lugar de salir a la calle sin rumbo esperaría alguna señal, un indicio...

En ese momento sonó el teléfono. La taza que Spencer sostenía en la mano tembló bruscamente y derramó la mitad del café sobre los papeles.

—Diga —dijo el gordo.

Inmediatamente su rostro se demudó. Tapó el auricular con la mano y dijo:

—Es para usted.

—¿Pero quién sabe que yo...?

Arroyo se encogió de hombros y le alcanzó el teléfono.

—Diga... —murmuró el más rápido.

—Spencer... Soy yo.

Era la Joya.

—¿Dónde estás? ¿En casa?

—No. No puedo decirte dónde, pero estoy bien.

La voz sonaba serena y lenta, como si alguien le dictara.

—¿Quiénes son? —casi gritó Spencer—. ¿Son los hijos de puta del Zurich?

Hubo una pausa larga; acaso la Joya pedía permiso para hablar.

—No.

—¿Quiénes son? ¿Qué quieren?

—Son... Es Betty —dijo finalmente la Joya.

—Ah...

Spencer escribió "Betty" en un papel y se lo mostró al gordo.

—¿Por qué llamaste acá, cómo supiste que ... ?

—No estabas en casa, Spencer, y yo tenía el teléfono y la dirección que anotaste. Era el último lugar a donde habías ido. Pero ahora todo se arreglará... —y la voz de ella se quebró.

—Claro que sí, claro que sí...

Spencer sintió que las lágrimas o algo espeso y rápido crecía dentro de él como una marea, subía para ahogarlo.

—¿Qué... quiere ella? —logró articular.

—Quiere a Hood. Quiere tratar directamente con él.

—Me lo suponía... —Spencer escribió "quiere a Hood" en el mismo papel, lo volvió hacia el gordo con una sonrisa dolorida—. ¿Y qué tenemos que ver nosotros?

—Supongo que no quiere correr riesgos: ya mataron a Flora, Spencer...

—Lo sé. Dile a Betty que también sé que es Ríos el que anda detrás de todo esto... Díselo.

Hubo un breve silencio. Spencer temió que ella cortara.

—Está bien... —dijo—. ¿Qué debo hacer?

—Tienes que poner a Hood en contacto con Betty. Ella tiene todos los originales... Si el contacto es directo entre ellos, sin los García y sin ninguna otra interferencia, habrá algo para nosotros...

—Entiendo.

—Diez mil para nosotros, Spencer.

—No es sólo una cuestión editorial, Joya...

Ella no dijo nada.

—Bien... —concedió Spencer—. ¿Qué quieren que haga?

—Búscalo a Hood. Tienes tres horas para localizarlo, decirle que sabes quién tiene los originales y hacer que te dé lugar y hora para encontrarse con Betty...

—¿Ella sabe quién es él?

—Sólo tres horas... —confirmó la Joya como si no hubiera oído—. No te identifiques ante Hood, no des ningún dato ni hables de más, por favor... Sólo le sacas una cita. Después, a las seis en punto llamas a Betty al teléfono que nos dio Maite y le dices lo convenido. Eso es todo. A las seis en punto. ¿Has entendido?

—¿Y tú?

—No te preocupes por mí, estoy bien... —dijo la Joya, casi impaciente ya—. Cuando el contacto se concrete me soltarán, y cuando la operación se realice nos darán los diez mil. Yo estoy de acuerdo...

—Yo también.

—Te amo.

Spencer suspiró:

—Yo también.

La comunicación se cortó, Spencer se apartó lentamente del teléfono.

—Nunca diga "yo también" —dijo Arroyo.

—¿Qué?

—Asentir siempre es un rol pobre... —prosiguió el gordo—. En el amor, en el odio, en la guerra o en los negocios vale la iniciativa: el que tira la primera piedra o dice la primera palabra delimita el terreno, tiene una movida más, como en el ajedrez: juega con las blancas... En la vida hay que intentar que a uno no le toquen siempre las negras...

—¿De qué me habla? —reaccionó Spencer.

—Perdone, lo veo abstraído... —se disculpó el gordo—. Pero al oírlo hablar por teléfono pensé que hay relaciones en las que siempre es uno el que maneja el verbo, mientras el otro queda limitado al "también" y al "tampoco". Y decía que asentir siempre me ha parecido un gesto pobre... Yo, al menos, siempre he pensado así...

—Yo también —dijo Spencer.

El gordo sonrió.

—No se burle... —gruñó el más rápido, que de pronto entró en un estado de violenta agitación.

—¿Qué le pasa? —dijo Arroyo.

—Tengo que encontrar a Hood... Tal vez ella no sepa que es Kophram pero... —reflexionaba en voz alta—. Hay mucho dinero en juego.

—Cuénteme, no hable solo.

Spencer inició la explicación dos veces, vaciló y finalmente se detuvo. Había comenzado a mirar a Arroyo de un modo extraño, como si viera a través de él:

—Creo que será mejor que dejemos todo así... —dijo con repentina seriedad—. Usted tiene razón: no soy alguien confiable ni seguro y no debería comprometerlo tanto. Cuanto menos sepa de todo esto, mejor.

Se puso de pie, recogió los papeles de un manotazo y los dobló desordenadamente para guardarlos en el bolsillo.

—Me voy ya —dijo.

—¿Y el cadáver que tiene en casa?

—Lo resolveré esta noche.

—Necesitará ayuda... Le dije que este asunto estaba empezando a interesarme —dijo el gordo y se irguió lentamente—. ¿Cómo hará para encontrar a Hood?

—Ya se me ocurrirá algo en el camino —dijo Spencer echando a andar—. Tengo que apurarme.

El más rápido estaba ahora poseído de una extraña inquietud, una prisa repentina que al gordo parecía decepcionarlo. Sin embargo lo acompañó hasta la puerta y le puso la mano en el hombro.

Spencer se volvió como si algo le quemara.

—Olvidé mi impermeable —dijo con un hilito de voz—. Ya regreso.

Arroyo miró cómo volvía a recorrer todo el local, hasta el fondo, y entraba en el cuarto. El gordo suspiró y se asomó a la tarde. Nubes pesadas y grises se movían rápidas contra un cielo celeste pero frío. Spencer se demoraba un poco. Arroyo volvió a entrar y sacó la pistola 22 que llevaba en el bolsillo; Spencer, que volvía poniéndose el impermeable, se detuvo en seco.

Hubo un larguísimo instante de mutua confusión.

—Tome —dijo el gordo estirando la mano—. Lo que le prometí. No la use si no sabe contra quién tira.

Spencer respiraba ahora con la boca abierta, transpiraba. La mano que recogió finalmente la pistola estaba temblando.

—¿Qué le pasa?

—Nada.

Durante un instante interminable permaneció allí, con el arma empuñada y sin atinar a nada.

—Guárdela, mejor —dijo Arroyo.

—Sí, gracias. Me voy.

—Yo también, en un rato, me iré a casa...

Spencer esquivó su mirada, metió la mano en el bolsillo sin soltar el arma, dio media vuelta y comenzó a andar.

—Nos volveremos a ver... —dijo el gordo a sus espaldas.

—No creo.

—Le apuesto lo que quiera.

—No juego más —dijo el más rápido sin volverse.

Arroyo lo siguió con la mirada hasta que dobló en la

esquina. Después cerró la puerta, subió al coche que tenía estacionado frente al negocio y partió.

17. Alrededor de media tarde

—¿Qué hora es? —dijo El Topo por tercera vez en la última hora.

—Cuatro y cuarto —dijo Luisa a su lado.

—Puedes irte ya.

—No.

—Que te vayas, te digo...

—Que no me iré sola —dijo Luisa ya desde más lejos.

—Mierda de chica... —exclamó El Topo; mientras agitaba el brazo con impaciencia, trataba de asirla en vano.

—Cuidado, Alicia.

La advertencia de Luisa llegó tarde. El movimiento demasiado brusco hizo que El Topo estuviera a punto de perder el equilibrio y caerse de la silla. Manoteó en el aire para sostenerse pero no pudo evitar apoyarse en la pila de jaulas que estaba a su derecha:

—Carajo... Tú tienes la culpa —dijo cuando el estrépito del desparramo y el escándalo de los pajarracos cesaron al unísono.

—No te dejaré sola —se obstinó Luisa mientras volvía a apilar cardenales, canarios, gorriones y periquitos australianos.

—Me las pagarás, mocosa... Llama a tu padre.
—No.
—¡Llámalo, te digo...!
—Pero...
Ahí sentada, vociferante, ciega y autoritaria, casi un personaje del teatro del absurdo, El Topo discutía con su joven y porfiada compañera como quien pretende espantar moscas por una ventana abierta. Ahora se había hecho un repentino silencio y por un momento confió en que la chica le hubiese hecho caso. Su padre atendía otro puesto de venta de pájaros a cincuenta metros del suyo.
—Luisa...
—Sí.
No se había movido de allí.
—Llama a tu padre.
—¿Qué le dirás?
—Que te saque de aquí: hoy no te necesito en el puesto, pequeña... —dijo El Topo ya en otro tono—. Aprovecha, vete al cine, haz lo que quieras. ¿No puedes entender que quiero estar sola?
La chica reflexionó un instante:
—Si me obligas a irme, se lo contaré...
—¿Qué le contarás?
—Lo del muerto.
Después del episodio del mediodía en casa de Spencer, Luisa no había querido separarse de El Topo. Una morbosa solidaridad la mantenía allí a la espera de quién sabe qué.
—Está bien: cuéntaselo si quieres... —dijo El Topo con un gesto de fastidio definitivo—. Pero tendrás que ir a la policía con esa historia y no cuentes conmigo para eso. No sé nada de ningún muerto: yo no he estado allí, pequeña... No he estado ni estaré, ¿has entendido? Y ahora vete de una vez.
—¿Y tú?
—¿Qué pasa conmigo?

La chica vaciló. Temió convocar a la desgracia.

En ese momento una mujer de voz estridente preguntó si había llegado la urraca como si se tratara de un pariente muy esperado.

—Lo siento, señora, no hemos recibido la que esperábamos; pero hay otro puesto, más arriba, donde tienen urracas... —dijo El Topo—. Luisa... Acompáñala, por favor... Y no es necesario que vuelvas.

La chica contestó con un terco golpe de su pie contra el suelo.

—Gracias —dijo la mujer con un graznido.

Se fueron.

El Topo quedó sola. Estiró el brazo y descolgó la varilla de hierro afilada que utilizaba para raspar la suciedad de los pájaros y la dejó apoyada junto a la pata trasera de la silla. Al rato se levantó a comprobar la ubicación y el estado de las jaulas; hablaba por lo bajo con los pájaros, tocaba los alambres, metía el dedo para tantear el agua y el alimento. Volvió a sentarse. Había algo de viento, hacía frío y andaba poca gente por las Ramblas. Dos niños quisieron saber el precio, la edad y el nombre de un loro viejo llamado Fortunato, que no se vendía. Aprovechó para preguntarles la hora. Cuatro y veinticinco. El tiempo pasaba muy lentamente. Era temprano aún pero decidió concentrarse, borrar el rumor desparejo de los pájaros y atender sólo a las voces que entraban y salían de su alrededor.

—¿Qué haces sola, Alicia?— le gritó el puestero de enfrente—. Hoy no hay nada que hacer aquí... No pasa nada. Yo en un rato me iré... ¿Y tú qué esperas?

—Una voz —dijo.

—¿Qué?

—Nada, hombre...

Y volvió a preguntar la hora.

A las cuatro y media Spencer Roselló entró en la cabina telefónica de la desolada esquina de Córcega y Gaudí. Mientras marcaba nerviosamente los siete números no dejaba de vigilar, a través de los vidrios sucios, los movimientos en el edificio de la vereda de enfrente.

La campanilla pareció llamar infructuosa en un cuarto vacío. Spencer la dejó sonar. Tuvo tiempo de encender un cigarrillo antes que la voz malhumorada se hiciera oír:

—Diga.

—El señor Rafael García Fuentes, por favor —dijo Spencer con una voz ligeramente engrosada.

—Soy yo.

—Bien... le habla el secretario de Mister Hood, señor García Fuentes.

—Sí... —dijo el gallego con cierto temor o extrañeza—. ¿Mister Hood?

—Por el asunto *Vietman*, ya sabe usted... —se apresuró el más rápido—. Mister Hood le pide disculpas por importunarlo a estas horas de un domingo, pero es urgente. Necesita verlo ya, señor García Fuentes...

El gallego se tomó unos momentos, terminó de despertarse:

—¿Algún problema imprevisto? —tanteó.

—Al contrario: novedades auspiciosas, según creo. En este momento tiene una conferencia con Los Ángeles y por eso me ha encargado a mí que... —improvisó Spencer—. ¿Puede venir para aquí en media hora?

—¿En el motel?

—Exacto... ¿A las cinco?

—¿Tan urgente es?

—Sí, señor. Y Mister Hood le recomienda que venga solo. Quiere decir: sin su hermano... —agregó Spencer, confidencial.

Percibió que el gallego se sentía suciamente halagado.

—Entiendo: a las cinco y solo. Seré puntual.

—Gracias. Mister Hood lo espera.

El gallego cortó y Spencer soltó el auricular como si le quemara.

Cuando salió con una mueca de sonrisa de la cabina, transpiraba. Dio una pitada final al cigarrillo que se consumía entre sus dedos, lo arrojó junto al cordón y se apostó en un umbral a esperar.

A las cinco menos cinco de la tarde, Mister Hood y su compañero tomaban café con algunas gotas de ron en la barra de la recepción del motel. Sereno, casi aburrido, vestido con una elegancia difícil de compartir, Hood parecía tolerar bien la penosa conversación de un ejecutivo de segunda línea de la IBM recién llegado a Barcelona para dictar un curso al personal español de la empresa.

Hablaban en inglés de ordenadores, de terminales múltiples, de componentes integrados. Sin embargo estaba claro que aunque Mister Hood adhería a la funcionalidad informática, para ciertos asuntos prefería el contacto personal sin mediaciones. Su acompañante no pudo evitar una sesgada sonrisa al oírlo argumentar mientras el ejecutivo de la IBM se refería ahora a unas hijas mellizas, casi computadas, que lo esperaban en Cincinnati.

En ese momento un botones se acercó a Mister Hood y le comunicó que alguien requería su presencia en conserjería.

—*Who is it?*

—El señor García Fuentes.

Mister Hood se excusó ante sus compañeros de la barra y se dirigió al mostrador. El editor lo esperaba moviéndose de un lado a otro como un oso enjaulado.

—*Hello... How are you?*

—Usted me mandó llamar..

—*I don't know...*

Y el gesto de extrañeza de Mister Hood parecía sincero.

A cien metros de allí, el traductor más rápido del Oeste esperaba el cambio de color del semáforo para cruzar de las Ramblas a la acera norte. No llegó a hacerlo. Un coche negro de modelo americano pasó lento y parsimonioso frente al motel y se detuvo en la luz roja junto a él. Había cuatro hombres en su interior. Spencer se estremeció: el moreno de bigotes que conducía era, estaba seguro, el chófer de la ambulancia de la noche del Zurich.

Apartó la mirada y esperó sin cruzar. Cuando el coche arrancó y uno de los que iban en el asiento trasero giró la cabeza hacia él, Spencer echó a correr. Cruzó la calle atropellando a la gente y siguió corriendo sin mirar atrás hasta entrar por la puerta principal del motel e irrumpir en el hall como un toro al ruedo.

Se abalanzó sobre el mostrador del conserje:

—Mister Hood —dijo.

—Bien... ¿Su nombre?

—Eso no importa —vaciló—. Es muy urgente.

—Mister Hood acaba de recibir una visita, señor —le informó el conserje, que era un hombre paciente y de buenos modos.

—Lo sé. Búsquelo.

El empleado lo observó con desconfianza pero sin embargo tomó el teléfono y llamó. Esperó un momento, Spencer miraba alternativamente a un lado y a otro pues había dos entradas: la de las Ramblas y una más pequeña, que daba a una calle lateral.

—No contestan —dijo el conserje—. Acaso hayan salido o estén en el bar de la última planta, señor. Si quiere aguardarlo...

El brazo cortés y uniformado le señaló la barra y los sillones de la recepción. Spencer creyó sentir que un hombre moreno apoyado indolentemente en la barra lo observaba y desvió la mirada.

De pronto afuera hubo un grito airado, frenazos y más gritos, Spencer llevó instintivamente la mano al bolsillo del impermeable.

—Le dejaré una nota —dijo—. Déme algo, por favor. Rápido...

Vio pasar a dos hombres corriendo por la acera frente a la puerta lateral. Sonó un disparo y hubo insultos y corridas.

El conserje se inclinó bajo el mostrador y le alcanzó un block y un bolígrafo.

—Hay follón ahí afuera —dijo.

Spencer escribió dos frases con letra grande y clara, dobló el papel en cuatro y lo puso en manos del conserje:

—Déselo, por favor. No bien lo vea. Es muy importante...

—Sí... se lo daré —y el conserje se distraía con los ruidos de la calle—. Pero... ¡cuidado!

El uniformado se agazapó bruscamente tras el mostrador. Spencer giró y alcanzó a ver a uno de los del coche que entraba por la puerta principal con un arma en la mano. Quedó paralizado. Estalló otro disparo en la calle y el hombre armado se volvió apenas.

Spencer aprovechó esa levísima pausa. Bajó la cabeza, echó a correr hacia la puerta lateral y la atravesó justo antes de que un balazo reventara el cristal a sus espaldas.

Sonaron otros disparos más lejanos pero ni se volvió ni se detuvo. Corrió sin mirar atrás. En la esquina dobló, siguió otras dos calles a la carrera y volvió a doblar en sentido contrario. Sólo al llegar a Vía Layetana se detuvo. Estiró el brazo y paró un taxi.

—¿Adónde vamos?

Y casi sin pensarlo dio la dirección del barrio Vallcarca.

18. Todo mal

Cuando llegó, atardecía. El coche de Arroyo no estaba frente al edificio de Waterway Sanitarios. La grotesca bañera pendía sobre la entrada como el inútil bote salvavidas de un carguero viejo y sin puerto cercano; el artefacto se hamacaba levemente, gemía apenas en el aire frío que barría la calle desierta.

Abrió la puertecita lateral con la llave que había robado antes de salir, al regresar en busca de su impermeable, y entró en el local silencioso. No prendió las luces y fue directamente al escritorio. Allí encendió sólo la lámpara de mesa y comenzó a revisar los cajones. En el segundo encontró una caja metálica y probó de abrir el candado con dos pequeñas llaves, sin resultado. Intentaba forzar la cerradura con el abridor de cartas cuando oyó el ruido de un coche que se detenía. Dejó todo, apagó la lámpara y quedó inmóvil.

Durante dos largos minutos esperó el sonido del cerrojo de la puerta de calle. No hubo un solo ruido. Entonces encendió otra vez la lámpara y prosiguió. Dejó la caja metálica a un lado e intentó con los otros cajones. El último se resistía a abrirse, como si estuviera trabado. Forcejeaba con él cuando el cuarto se iluminó.

—Así está mejor —dijo Mingo Arroyo parado en la puerta de la habitación con la Ballester Molina apuntando hacia adelante.

Semioculto tras el escritorio, Spencer levantó, perplejo, la cabeza.

—Ah... Era usted, uruguayo... —dijo el gordo bajando el arma—. Pensé que alguno... Pero, ¿qué hace?

Spencer había sacado su pistola y le apuntaba por encima del escritorio con el brazo muy extendido.

—¡Tire esa arma! —gritó.

—No grite, se oye todo —dijo Arroyo, y señaló arriba y a los costados.

Pero no soltó la pistola. Por el contrario, la levantó hacia él.

—¡Suéltela! —gimió Spencer.

—No tema. Ya le he dicho que esta reliquia no funciona, uruguayo. Créame. La suya sí que dispara...

El gordo se apoyó del otro lado del escritorio y quedaron muy cercanos, frente a frente.

—¡Hable! —gritó otra vez Spencer.

—¿Que hable yo? —el gordo se echó a reír—. ¿Por qué no dice usted qué está buscando, qué espera encontrar?

—Lo sé todo —dijo el más rápido, y sentía cada vez más que lo era—. Usted es Ríos.

El gordo meneó la cabeza sin dejar de sonreír.

—Ríos, Arroyo, siempre es agua que corre... Qué más da.

—¡Basta de agua! ¡Basta de todas esas cosas! —vociferó Spencer adelantando aun más el arma—. Me ha estado entreteniendo desde el principio con todas esas imbecilidades...

—Oiga, más respeto...

—Jugó conmigo, Ríos... Es un cínico asesino —se apasionó Spencer.

—Hay algo de eso —concedió el gordo sin énfasis mientras ponía la palma de su mano ante el cañón de la pistola de Spencer—. Pero sigue teniendo graves problemas de sentido, Roselló... Dice que yo he jugado con usted y es cierto. Pero jugar no significa aprovecharse sino también compartir un juego, una diversión, apostar incluso... ¿Puede entenderlo? —Spencer no contestó—. En cuanto a lo de asesino...

Entonces sí se encrespó el traductor:

—Mató a la vieja Flora.

—No.

—Mató al gallego Ramón García Fariña.

—A ése sí... —admitió Arroyo, contrariado—. No pensaba hacerlo pero me amenazó.

—¿Cómo fue?

Arroyo por primera vez endureció la mirada.

—Oiga, no se equivoque... Esto no es una confesión sino una... confidencia. Se lo cuento porque quiero. ¿Puede entender eso? —y recalcó las palabras.

Spencer tampoco contestó esta vez.

—Fue hoy a la mañana, antes de comprar los *croissants* para desayunar con usted —prosiguió el gordo—. Cuando leí en *La Vanguardia* la noticia del asesinato de la pobre Flora pensé que había llegado la hora de que ese miserable soplón se hiciera cargo de algo, porque en cierto modo era responsable de lo que pasaba... Entonces lo llamé por teléfono, haciéndome pasar por usted...

—Hijo de puta —murmuró Spencer.

El gordo no se inmutó.

—Le dije que tenía noticias sobre qué le había pasado a la vieja y lo cité en su casa, Spencer... Yo sabía que estaba vacía y además tenía sus llaves... —se las mostró haciéndolas tintinear—. Ahí lo esperé hasta que llegó, muy asustado. Cuando me vio se asustó todavía más. Quiso escaparse, uruguayo... Conseguí retenerlo pero no me dejó hablar. Sacó su arma y tuve que matarlo: le metí un tiro con esa misma pistola que tiene en la mano... Es una lástima pero no me arrepiento. Ese gallego era un hijo de puta.

—¿Por qué?

—Él fue quien nos denunció en el '79... Por eso no quería saber nada de que se removiera el asunto.

Spencer se agachó sin dejar de apuntarle y puso la caja metálica sobre el escritorio.

—Pero usted les robó el dinero de Kophram: seis meses de liquidaciones de derechos de autor... —dijo.

Arroyo lo miró con infinita ironía. Movió el arma acompasadamente, como si negara con ella también:

—No puedo creer que no se haya dado cuenta uruguayo —dijo cansado—. Esos textos son míos, totalmente míos, los he escrito yo del principio al fin.

—Sin duda que la versión distorsionada, los títulos y el manipuleo son suyos... —se empeñó Spencer—. Pero el Comandante quiere los originales, además de otras cosas que me imagino... Y Betty se los va a dar.

El gordo rió sin ganas, terminó con una mueca de dolor que Spencer no advirtió:

—Hay diez mil dólares para mí cuando me entreguen esos originales, Arroyo... —le informó el más rápido.

—No, uruguayo. No va a suceder eso. ¿Quiere apostar?

—No apuesto con usted. Primero tengo que cobrarme por todo lo que me hizo pasar... —y golpeó la caja metálica con la palma—. Buscaba eso precisamente cuando llegó: dinero, algo de dinero que debe tener...

—Me decepciona —dijo el gordo—. Estoy cansado y ya es tarde.

Spencer, sin dejar de apuntarle en ningún momento, miró el reloj. Iban a ser las seis.

—Quédese quieto que debo hacer un llamado —dijo

adelantando el arma—. Después arreglaremos lo que falta aclarar.

—Disponga nomás —y el gordo se dejó caer pesadamente en la silla—. Para serle franco, me duele un poco...

Recién entonces Spencer vio la mancha en el hombro izquierdo de Arroyo, la sombra húmeda que comenzaba a mojar la camisa y la chaqueta.

—¿Qué le pasó?

—Había resuelto no ir más a las Ramblas los domingos... —dijo el gordo sonriendo apenas—. El ambiente está cada vez peor... Fíjese.

Y le mostró el balazo como quien confiesa una travesura.

—Estaba ahí, me siguió... —murmuró Spencer.

—Reconozco que estuvo brillante, uruguayo: para localizar a Hood no hizo más que seguir a García Fuentes.

—Sí —admitió el más rápido—. De algún modo nosotros nos parecemos; yo también hice salir a un gallego de la cueva por teléfono. Le dije que era el secretario de Hood, y que el Mister lo esperaba en media hora. Sólo tuve que esperar diez minutos. No sé si Rafael ya sabría de la desaparición de su hermano, pero por si acaso le dije que no le avisara. Salió enseguida y sin hablar con nadie... Lo seguí y listo. Lástima que aparecieron ustedes. Pero veo que no se la llevó de arriba, cabrón...

—Créame que me aburre —dijo el gordo más desalentado que dolorido—. Una vez más se le escapa el sentido.

Pero Spencer Roselló estaba otra vez atento al teléfono, marcaba los números y esperaba.

La campanilla sonó una, dos, tres, diez veces.

—¿La llama a Betty?

—Cállese.

—No van a contestar —dijo Arroyo.

—¡Cállese!

—¿Quiere apostar los diez mil?

—¡Basta!

El gordo se levantó dolorosamente y caminó hacia el local.

—No van a contestar hasta que yo les diga —dijo.

—¡Quieto ahí! —gritó Spencer.

—Deje el teléfono descolgado mientras suena y venga —dijo el gordo sin darse vuelta.

Spencer dudó un momento y después lo siguió, apuntándole al medio de la espalda.

—No intente ningún truco...

Atravesaron todo el local y llegaron al otro extremo. Detrás de unas mamparas de baño había dos escalones y una puerta metálica. Arroyo subió los escalones.

—¿Adónde se cree que va? —se encrespó Spencer.

—Es mi casa, hombre... Pero no haga ruido y acérquese... —y el gordo lo invitaba desde los escalones—. ¿Lo oye sonar?

Del otro lado de la puerta se oía, regular y apagada, la campanilla del teléfono que sonaba como si lloviera.

—Voy a contestar —dijo Arroyo.

Y antes de que Spencer reaccionara abrió la puerta, entró y volvió a cerrar. Un cerrojo giró del otro lado.

Spencer vaciló un momento y después salió corriendo hacia el escritorio y levantó el auricular que había dejado descolgado:

—Hable —dijo agitado.

—Diga —dijo el gordo del otro lado—. ¿Quién es?

—Soy Spencer. Quiero hablar con la Joya, con Betty...

—Un momento.

Debió esperar. La situación era tan extraña que no sabía qué hacer. Era preferible que todo sucediera rápidamente. Pero ella tardaba en contestar.

—Soy yo —dijo finalmente la Joya.

—No lo puedo creer.

—Localizaste a Hood...

—Sí.

—¿Arreglaste la cita convenida?

—No pude. Le dejé ese teléfono para que llame a las seis y media y hable directamente con Betty.

Mientras lo decía se daba cuenta de que habría problemas. Se produjo un silencio espeso hasta que ella volvió a hablar:

—Está todo mal... No deberías haber hecho eso, Spencer.

La comunicación se interrumpió.

El más rápido quedó estúpidamente aferrado al teléfono, sin poder apartar la mano y la mirada de él.

Permaneció inmóvil un tiempo indeterminado, tratando de ordenar sus pensamientos, de entender todo lo que pasaba allí. No lo consiguió. Una voz de mujer sonó muy cerca:

—Qué idiota.

Spencer levantó la cabeza: la mujer estaba frente a él, junto a Arroyo, ahí mismo.

—Qué idiota —repetía.

Y era la voz de Betty.

19. Escucha y calla

Una mujer joven y corriente, el pelo corto y la mirada triste con anteojos. Era ella, Betty, y la reconocía. La había visto salir de ese mismo local, despedirse y partir cuando él llegaba el sábado a la tarde, ayer, el siglo pasado.

—¿Es cierto que hizo eso? ¿Le dio el número de teléfono? —decía ella.

—Sí. Pensé que usted querría reunirse con el Comandante, es decir con Hood, y que eso era lo que más importaba. Yo creía que él... —y Spencer señaló al gordo.

—Hizo una estupidez, uruguayo —dijo Arroyo eligiendo las palabras como si eso también le doliera, controlando con esfuerzo la rabia, el dedo en el gatillo—. Esos tipos pueden localizar el domicilio de cualquier número de teléfono...

—Hood llamará y vendrá después —dijo Spencer.

—No vendrá él, mandará a los muchachos, como hizo en el Zurich o con la vieja Flora. En un rato estarán en camino.

Algo se movió detrás de la mole del gordo.

—Spencer, querido...

La Joya entraba al final de la obra, por el foro, y encontraba el escenario lleno e iluminado.

El traductor más rápido del Oeste no se desconcentró. Agitó violentamente el arma y dio un grito:

—¡Ven acá! —le pidió a su mujer.

Fue como si algo que estuviese amarrado se soltase en el gordo; como si diera salida a un impulso largamente contenido: con su levísimo movimiento apoyó el arma en la cabeza de la Joya.

—Quiero conocer cuál es el límite de su estupidez, Roselló —dijo con fastidio—. Deje esa pistola ahí arriba y váyanse, los dos.

—Esa arma no funciona —dijo Spencer tragando saliva—. Usted me lo dijo... Yo ahora quiero los diez mil. Ya sé cómo es el arreglo entre ustedes dos, pero yo quiero mis diez mil.

—¿Que no funciona, uruguayo? ¿Se atreve a apostar contra la cabeza de ella?

—Déme los diez mil o tiro... —y el más rápido apuntó alternativamente al gordo y a Betty. La Joya gimió.

—Imbécil... —dijo Arroyo.

Giró y los dos gatillaron al mismo tiempo.

El estallido de la 45 del gordo hizo retumbar el lugar, reventó intencionadamente un espejo a un costado de la cabeza de Spencer, que quedó gatillando en falso el arma descargada.

Spencer empezó a temblar.

—Dis-disculpe... —dijo, y era absurdo—. No entiendo qué pasó...

Miraba las dos armas, ofrecía la devolución de la suya, que el gordo no aceptó:

—Téngala, por ahora. Es tan inútil... —dijo sin aclarar a qué se refería—. Ya decía yo que los traductores son seres dobles, extraños. Incluso cuando son rápidos, los más rápidos, como usted. Suele escapárseles el sentido. Son muy literales, Roselló. Y a los literales habría que volarles la cabeza.

Movió suavemente el arma, que no parecía tan grande en su mano. Hizo un gesto a Betty para que se llevara a la Joya.

—Literales, liberales, nacionales... —murmuró el gordo como para sí—. Hacía años que no disparaba. Y hoy... Mis últimos tiros los había escrito como Kophram.

Spencer iba a decir algo pero Arroyo se le adelantó:

—El Comandante Kophram jamás existió, uruguayo, ni hubo versión original en inglés. Un amigo grandote se prestó para la pantomima de ir a firmar el contrato, disfrazado de boina verde retirado... Pero yo inventé la historia, inventé la traductora —y señaló vagamente hacia Betty— y montamos la idea de *Vietman*, una perfecta cobertura mientras duró, claro... Y bastante bien escrita para lo que son esas basuras.

Mingo Arroyo se tocó el hombro hasta sentir dolor, como si buscara un umbral.

—Pero usted se confundió, uruguayo —dijo con un suspiro—. En el '75 no sólo vino la ultra antisubversiva a España. La mayoría era del otro bando, incluso muchos que en el fondo no teníamos nada que ver tuvimos que salir de apuro. Algo que usted conoce, además. Acá hubo grupos latinoamericanos que comenzaron a trabajar juntos: peruanos, uruguayos, colombianos. El problema eran las comunicaciones, el riesgo de los correos. Hasta que se montó lo de los libritos de *Vietman*. Usted hizo una muy buena aproximación pero no descubrió el sentido: en el texto de *Sobre odios y tumbas*, el último, en 1979, está descripta una campaña de desestabilización de la dictadura argentina... No sé si recuerda...

—Sí, un soberbio fracaso.

El gordo soslayó el irónico adjetivo y prosiguió:

—Bien: lo que describe la novela en sus claves no es un esquema para reprimirla sino la estrategia para llevarla adelante.

Spencer Roselló entrecerró los ojos:

—¿La planeó usted?

—¿Qué cosa?

—La campaña.

—No, qué va... —el gordo sonrió, casi a la defensiva—. Yo era uno más, uruguayo. Además, descubrí por entonces que lo que más me interesaba era la literatura. Hice lo de *Vietman* con gusto; era mi trabajo y me divertía. Pero fue lo último, porque había que volver... Los que decidían dieron la orden de volver. Volver y pelear, claro.

—¿Y volvió a la Argentina?

Mingo Arroyo no contestó todavía eso:

—Todo se complicó cuando el gallego Ramón se enteró de algo y nos denunció. Aunque nunca supo el sentido de lo que hacíamos con *Vietman*.

—Pero, ¿volvió o no? —se ensañó Spencer.

El gordo por un momento pareció no haberlo oído. Luego reaccionó:

—Liquidé el trabajo en la editorial, junté el dinero, que no era mío ni para mí, claro, y estuve a punto.

—A punto de qué...

—Pero llegado el momento no me fui —completó Arroyo, como si en ese mismo momento volviera a tomar la decisión—. En el fondo no tenía nada que ver, no quería saber nada de...

Se detuvo. Miró a Spencer, un oyente inadecuado, tardío y poco confiable para abrirle el corazón o cualquier víscera sensible.

—Estuve escondido, o poco menos que eso, durante tres años —dijo sin embargo—. Engordé, cambié de nombre o si quiere volví al verdadero, ya ni me acuerdo... Betty es de aquí y siempre ha vivido al lado del negocio familiar. Trabajé con ellos. Cuando el padre murió me hice cargo... Esto es todo un mundo, uruguayo.

Spencer no estaba tan convencido:

—Y nunca sintió que tenía que...

—Ellos, ellos han sido los que han vuelto —dijo el gordo como si hablara solo—. Para esos hijos de puta nada ha terminado. Han regresado después de todos estos años... Cuando ustedes llamaron por teléfono la primera vez, el jueves a la noche, preguntaron por Betty y hablaron de *Vietman*, estábamos cenando... Fue como recibir una llamada desde el pasado. Al final decidimos que yo mismo iría al Zurich sin darme a conocer. Así que el viernes asistí al intento de secuestro de la Joya y volví a verles la cara a esos cabrones. Recogí sus papeles y esa misma noche con Betty pensamos un plan para protegerlos a ustedes y al mismo tiempo tener controlados a los servicios sin exponernos nosotros, porque era evidente que los hijos de puta no tenían toda la información...

—No conocían a Betty.

—Eso es. Así que ayer sábado, cuando usted vino a recoger los documentos, Betty se fue a llevar a la Joya a lugar seguro. Se cruzaron aquí, al salir ella y entrar usted. Yo quería que Betty lo viese para poder reconocerlo en cualquier oportunidad que se presentara... No sabíamos realmente si podíamos confiar. Así que Betty se llevó a la Joya a un lugar fuera de Barcelona; mientras usted iba a su casa, no encontraba a su mujer y volvía a pasar la noche acá, yo me reuní con ellas. Ahí fue que confirmamos que ustedes no tenían nada que ver y que el único modo por el que los servicios podían haber obtenido la información sobre la cita con Betty era a través de Flora: la Joya le había dicho que usted se iba a encontrar con ella en el Zurich.

—La vieja traidora...

—No, uruguayo: tan ingenua e imbécil como cualquiera... —y lo miró significativamente—. Despechada con los gallegos, se fue derecho, el mismo viernes, a verlo a Hood, a contarle dónde podía encontrar a Betty. Ellos le sacaron la información y después la liquidaron... Me enteré hoy temprano al leer el diario y quise saber hasta dónde estaba comprometido el viejo Ramón con toda esta nueva ola de mierda y odio.

—¿Y por qué lo mató en mi casa?

—Desconfiaba saludablemente de usted, Roselló... Y en el fondo no me equivocaba... —Mingo Arroyo le señaló el espejo roto por el balazo junto a su cabeza—. Nunca se sabe muy bien qué es lo que mueve a un hombre, con qué sentido hace las cosas, y usted tiene todo mezclado: la ideología, el dinero, la aventura... Creí que con ese cadáver en casa y el revólver que lo mató en el bolsillo lo tenía controlado: bastaba una llamada a la policía para meterlo adentro.

—Me engañó.

—No tanto: apenas una forma de protegernos. Y sin embargo, pese a lo bien planeado que estaba, todo se ha ido a la mierda —dijo con melancolía—. Convinimos en que la Joya lo llamaría a las tres desde afuera y después vendrían ella y Betty para acá a esperar la cita con Hood. Primero casi fracasa todo porque usted estuvo a punto de irse cuando encontró a El Topo en su casa. Tuve que retenerlo hasta que la Joya hablase...

—Y en cuanto salí, me siguió.

—Sí. Me servía para localizar a Hood, identificarlo. Lástima que los que usted creía que eran mis compañeros me descubrieron por querer protegerlo. Son tipos rápidos y de experiencia... Y yo estoy un poco fuera de estado.

El sanitario se distendió un poco y admitió el cansancio con un gesto de fastidio. Pero fue apenas un instante. Miró su hombro herido como si verificara una molesta cagada de paloma:

—Me está saliendo caro, uruguayo... —dijo—. Váyase de una vez.

Spencer dudó, señaló el arma con la cabeza:

—¿No me engaña?

El gordo lo miró por última vez y casi no fue necesario que se lo dijera:

—El agua no miente ni engaña.

En ese momento comenzó a sonar el teléfono en la casa de al lado.

—Son los de Hood —dijo el más rápido.

—¡No contesten! —gritó el gordo—. ¡Y vámonos ya! No tienen que encontrar nada cuando vengan. Creerán que es una pista falsa.

Terminó de recoger las cosas del escritorio, las metió junto con los libritos en un bolso y se dispuso a salir. Antes se ocupó de Spencer:

—Esfúmense ustedes primero. Tome, para defenderse —y le alcanzó un puñado de billetes y el cargador de la 22.

El traductor más rápido del Oeste no se atrevió a darle la mano. Antes de que apagaran la luz se volvió:

—Dígame: todo lo del tío ese del agua, ¿es cierto?

El gordo fue hasta la pared y descolgó el retrato de Josep Destandau:

—Lléveselo. Será su guía espiritual —dijo.

Spencer miró la imagen del hombre de pesados bigotes, se la puso bajo el brazo y salió.

Tres

“La casualidad es la gran maestra de todas las cosas. La necesidad viene luego. No tiene la misma pureza.”

Luis Buñuel, Mi último suspiro

20. Las condiciones ideales

Todo pudo terminar ese domingo de invierno en que Spencer Roselló, el traductor más rápido del Oeste, cruzaba apresuradamente el puente de Vallcarca en la desolada Barcelona de las siete de la tarde. Llevaba a la Joya flameando de la mano, en el bolsillo un montón de billetes que no había contado y un nuevo miedo sin nombre que lo acompañaba.

Se detuvo en medio del puente, se inclinó sobre el contrafuerte pero no vio agua que corriera clásicamente debajo sino calles, jardines, coches que pasaban lejanos y ruidosos. Tomó la pistola, la restregó contra la chaqueta y la arrojó al vacío, la dejó caer entre los árboles.

—Nos vamos —concluyó.

—¿Adónde? —dijo la Joya.

—Ahora, a casa. Después, a la mierda.

—A casa no vuelvo.

—Está la ropa, la máquina de escribir, los papeles... —hizo una pausa buscando algo más—, el cadáver...

—Ve tú solo.

Ella se soltó de su mano y siguió caminando por el puente hacia el centro de la ciudad.

—¡No podemos quedarnos en la calle! —gritó él y miraba alrededor como si esperara un coche negro, una ráfaga de ametralladora, cualquier forma de la desgracia.

—¡Claro que no podemos seguir en la calle! —gritó ella ahora.

¡Hace años ya!

Y Spencer la vio caminar con paso decidido y meterse en el primer hotel que encontró: uno viejo y sombrío, adecuado para estar una noche y luego no recordar ni siquiera su nombre.

Al despertar en el cuarto de hotel, la Joya sintió que era de noche cerrada y que Spencer no estaba a su lado. Por un momento pensó lo peor, pero vio luz en el baño contiguo y se tranquilizó.

—Spencer —llamó.

Sólo el ruido del agua.

Se levantó con un escalofrío y abrió la puerta.

—Spencer, ¿te pasa algo? —dijo inquieta.

Spencer Roselló estaba apoyado con ambas manos en el lavatorio vacío.

—Otra vez —decía como para sí mientras colocaba el tapón.

Giró las dos canillas al mismo tiempo y el agua cayó brusca y desordenada, golpeó la textura barata del lavatorio y lo salpicó fría, lo quemó caliente con gotas que atravesaron la camisa fina. Luego los dos chorros comenzaron a caer sobre la que se iba acumulando y dejaron de salpicar: el agua violenta hacía pozos en el agua quieta, una reventaba dentro de la otra, se revolvía. Cuando el nivel del líquido llegó al borde del lavabo y la tensión en la superficie conmovida estaba a punto de rebasar, cerró las canillas. Hubo un leve estremecimiento y luego fue la calma de las aguas mezcladas, tibia calabaza llena.

Spencer esperó que nada se moviera, se arrancó un cabello y lo dejó caer al agua. Dio un tirón leve a la cadenita que amarraba el tapón y el líquido se puso confusamente en movimiento, se revolvió sobre sí mismo como si una víbora invisible se deslizara con él. Luego hubo una succión firme y continuada que fue creando el cono de aire, la columna central; el agua comenzó a girar, primero vacilante y después con vigorosa determinación. Creció entonces un hondo gruñido de cañerías, mientras su cabello primero se estremecía en el borde exterior del remolino y luego se perdía en el giro que lo arrastraba, hasta el ronquido final que dejó el lavatorio vacío y brillante a la vez.

Spencer levantó la cabeza y se miró en el espejo:

—De abajo hacia arriba y de izquierda a derecha, en el sentido de las agujas del reloj —dijo como si estuviera solo.

Giró y vio a la Joya que lo miraba desde la puerta del baño.

—Lo he intentado varias veces —explicó—. No es simple ni tan seguro: nunca están dadas las condiciones ideales, Joya.

—Vamos a la cama —dijo ella.

21. Jaulas

A esa misma hora, los somnolientos funcionarios de la Policía de Barcelona habían logrado identificar el cadáver del hombre asesinado en las Ramblas. Pese a que en un primer momento se pensó, por las tarjetas de crédito y el carnet de conducir hallados en el bolsillo de su chaqueta, que se trataba de Charles F. Hood, nacido en La Jolla, California, en 1941, la documentación encontrada en el motel en que se hospedaba permitió identificarlo como Alberto Canosa (alias "Capucha"), ex oficial del Ejército Argentino especializado en Panamá en lucha y estrategia antisubversiva. Condenado en su momento en una causa por torturas y desaparición de personas durante el gobierno militar, Canosa se hallaba en Europa desde hacía seis meses y se desconocían sus actuales actividades.

Según el forense, la víctima presentaba una única herida angosta y profunda producida por un instrumento punzante que penetró tres centímetros bajo el esternón, en trayectoria de abajo hacia arriba, le atravesó el pulmón, partió la aorta y le causó la muerte inmediata.

El hecho se produjo a las siete de la tarde frente a uno de los puestos de venta de pájaros de la zona, en el cruce de la calle de Porta Ferrissa, curiosamente abierto hasta tan tarde, cuando la mayoría de los establecimientos estaban cerrados. Pese a la falta de testigos directos y confiables, todas las evidencias señalaron a Alicia Zalazar, también argentina, no vidente, residente en Barcelona y propietaria del puesto, como la aparente autora material del hecho. Sin embargo, el arma homicida, acaso un pedazo de hierro afilado de los que se utilizan para limpiar las jaulas, no fue hallada.

Tampoco fue posible recuperar y devolver a sus jaulas las docenas de pájaros que, poco antes de hacerse presente la autoridad policial, fueron liberados por la Zalazar, que luego desapareció sin que pueda saberse hasta el momento su paradero. Según testigos, los pájaros permanecieron durante horas en los árboles y los techos de los edificios de los alrededores sin alejarse del lugar, sin saber aparentemente adónde ir, hasta que con la llegada de la noche se dispersaron con rumbo desconocido.

Índice

Esta edición de 3.000 ejemplares
se terminó de imprimir en
Grafinor S.A.,
Lamadrid 1576, Villa Ballester, Bs. As.,
en el mes de febrero de 2002.